クリスティー文庫
36

書斎の死体

アガサ・クリスティー
山本やよい訳

THE BODY IN THE LIBRARY
by
Agatha Christie

Translated by
Yayoi Yamamoto
Published 2004 in Japan by
HAYAKAWA PUBLISHING, INC.
This book is published in Japan by
arrangement with
AGATHA CHRISTIE LIMITED,
A CHORION GROUP COMPANY
through TUTTLE-MORI AGENCY, INC., TOKYO.

わが友、ナンへ

序文

小説には、そのタイプによって、それぞれおきまりの素材というものがある。メロドラマには〝大胆で悪辣な准男爵〟、探偵小説には〝書斎の死体〟。わたしはここ何年かにわたって、〝よく知られたテーマに変化をつけた素材〟を使うことはできないものかと、模索をつづけてきた。自分でいくつか条件をつけてみた。その書斎はきわめてオーソドックスかつ伝統的なものでなくてはならない。その一方、死体は奇想天外な、人をあっといわせるものでなくてはならない。これがその条件だったが、数年のあいだいっこうに進展がなくて、創作ノートに何行かメモするだけにとどまっていた。やがて、ある年の夏、海辺のしゃれたホテルに何日か滞在したとき、ダイニング・ルームのテーブルのひとつにすわった一家がわたしの目にとまった。車椅子に乗っている脚の不自由な初老の男性。そばにいる家族はもっと若い世代。幸い、その一家は翌日帰っていったので、わたしは事実関係にいっさい邪魔されることなく、想像の翼を羽ばたかせることができた。「あなたは本のなかに実在の人物を登場させるのですか」と尋ねられたとき、わたしはこう答えることにしている。「自分が知っている人物や、話をしたことのある人物、いえ、噂にきいただけの人物ですら、作品のモデルにするのは不可能です！」と。どういうわけか、実在の人物を使うと、みんな、作中で生命を失ってしまう。しかし、〝架空の人物〟を創りだすと、そこにさまざまな資質と、わたし自身の想像の産物を与えることができる。

そこで、脚の不自由な初老の男性がこの物語の軸になった。わがミス・マープルの旧友であるバントリー大佐夫妻は、書斎の典型ともいうべき書斎を持つことになった。料理のレシピをまねて、以下の材料を加えることにしよう。テニスのプロ、若いダンサー、芸術家、ガールガイド、客のダンスの相手をする女などを。そして、ミス・マープル風に調理してテーブルに出すとしよう！

アガサ・クリスティー

書斎の死体

登場人物

ジェーン・マープル……………………探偵ずきな独身の老婦人
アーサー・バントリー…………………退役大佐で地方行政官
ドリー・バントリー……………………アーサーの妻
コンウェイ・ジェファースン…………富豪
アデレード・ジェファースン…………コンウェイの義理の娘
ピーター・カーモディ…………………アデレードの息子
ヒューゴ・マクリーン…………………アデレードの恋人
マーク・ギャスケル……………………コンウェイの義理の息子
ジョージー
（ジョゼフィン・ターナー）…………ダンサー
ルビー・キーン…………………………ダンサー。ジョージーのいとこ
レイモンド・スター……………………ダンサーでテニスのコーチ
バジル・ブレイク………………………撮影所の大道具係
パメラ・リーヴズ………………………ガール・ガイド団員
バートレット……………………………ホテルの客
サー・ヘンリー・クリザリング………元警視総監
メルチェット大佐………………………ラドフォードシャー州警察の本部長
スラック…………………………………メルチェットの部下。警部
ハーパー…………………………………グレンシャー州警察の警視

第一章

1

バントリー夫人は夢を見ていた。彼女のスイートピーがフラワーショーで一等賞をとった夢だった。カソックとサープリスをまとった牧師が教会で表彰式をやっていた。牧師夫人が水着姿でそばを通りかかったが、夢の世界のありがたい習慣として、この事実も教区民の非難の的にはならなかった。現実の世界なら非難ごうごうに決まっているが……。

バントリー夫人はその夢を存分に楽しんでいた。早朝のお茶が運ばれてくることで終わりを告げる早朝のこうした夢は、夫人にとっていつも楽しいものだった。心の奥のどこかに、家のなかで毎日くりかえされる早朝の物音を意識している部分があった。メイドがカーテンをあけるときのカーテンリングのカチャカチャいう音。外の廊下からは、二人目のメイドが使うちりとりと箒の音。遠くからきこえるのは、玄関ドアのかんぬきをはずす重々しい音。

また新しい一日が始まろうとしている。夫人はそれまでのあいだ、フラワーショーの夢の喜びにどっぷり浸ることにした——自分はいま夢を見ているのだという感覚が、しだいに強まりつつあった……。

階下から、客間の大きな鎧戸をあける音がきこえてきた。夫人はきくともなしに、それをきいていた。これからたっぷり三十分のあいだ、いつもの物音が家のなかを駆けめぐることだろう。慎み深く、ひっそりと、耳になじんでいるため、すこしも邪魔になることなしに。最後は、廊下をやってくる素早い控えめな足音、プリント柄のワンピースの衣擦れ、寝室の外のテーブルに盆が置かれた瞬間の、茶器セットが立てる静かなチリンという音、やわらかなノック、そして、カーテンをあけるためにメアリが入ってくる。

まどろみのなかで、バントリー夫人は眉をひそめた。何か邪魔なものが夢のなかに入りこんできた。この時刻にはそぐわないものだ。廊下をやってくる足音。やけにあわただしくて、時間も早すぎる。夫人は磁器のチリンという音を求めて、無意識のうちに耳をそばだてたが、チリンという音はまったくきこえなかった。

ドアにノックの音がした。夢の深みのなかから、バントリー夫人は反射的に「お入り」といった。ドアがあいた――今度こそ、カーテンをあけるときのカーテンリングの音がするだろう。

しかし、カーテンリングの音もしなかった。ほのかな緑色の光の向こうから、メアリの声がきこえてきた――息を切らしたヒステリックな声。「あの、奥さま、あの、奥さま、書斎に死体があるんです」

そして、ヒステリックに泣きじゃくりながら、メアリは寝室から飛びだしていった。

2

バントリー夫人はベッドにおきあがった。

夢がひどく変な方向へねじれてしまったか、あるいは――あるいは、メアリが本当に飛びこんできて、書斎に死体があるといったか（信じられない！　途方もない！）、そのどちらかだ。

「そんなはずないわ」バントリー夫人はつぶやいた。「きっと夢を見てたのよ」

しかし、そうつぶやいているあいだにも、これは夢ではない、メアリが、よく働くしっかり者のメアリが、現実にその途方もない言葉を口にしたのだ、という思いが強まっていった。

バントリー夫人はしばらく考えこんでから、眠っている夫を肘で強くつついた。

「アーサー、アーサー、おきて」

バントリー大佐はうめき、何やらつぶやいて、寝返りを打った。

「おきて、アーサー。きいた、いまのメアリの言葉？」

「なるほど」バントリー大佐は寝ぼけた声でいった。「まったくおまえのいうとおりだ、ドリー」そして、すぐまた寝入ってしまった。

バントリー夫人は夫を揺すぶった。

「きいてったら。メアリが入ってきて、書斎に死体があるっていったのよ」

「ん、なんだって？」

「書斎に死体」

「誰がそんなことを？」

「メアリ」

バントリー大佐はばらばらになった頭の機能を拾い集めて、状況に対処する仕事にとりかかった。

「バカいわんでくれ。夢でも見てたんだろ」

「いいえ、ちがいます。わたしも最初はそう思ったわ。でも、夢じゃなかったの。ほんとにメアリが入ってきて、書斎に死体があるといったの」

「メアリが入ってきて、そういったのかね」

「ええ」

「そんなバカなことがあるわけないだろ」バントリー大佐はいった。

「そうね、わたしもそう思うけど」バントリー夫人は迷いながらいった。気力をふるいおこして、さらにつづけた。

「でも、それなら、メアリはどうして死体があるなんていったんです？」

「いうわけないだろ」

「いったわ」

「きっと、おまえの勝手な想像さ」

「ちがいます」

バントリー大佐はすっかり目がさめてしまい、この状況に冷静に対処しようとした。やさしい口調でいった。

「夢を見てたんだよ、ドリー。それだけのことさ。おまえが読んでたあの探偵小説――

『折れたマッチ棒の手がかり』。書斎の暖炉の前に敷かれたラグの上で金髪の美女が死んでいるのを、エッジバストン卿が発見する。小説のなかでは、つねに書斎で死体が発見される。現実にそんな事件がおきた例は、見たこともない」

「いまから見ることになるかもね」バントリー夫人はいった。「とにかく、アーサー、おきて見にいってちょうだい」

「しかしね、ドリー、そんなの夢に決まってるだろ。目ざめたばかりのときは、夢がやたら生々しく思えることがある。現実のことだと思いこんでしまう」

「わたしはまったくべつの夢を見てたのよ――フラワーショーがあって、牧師さんの奥さんが水着を着てて――そんなような夢だったわ」

バントリー夫人は不意にエネルギーを爆発させてベッドから飛びおり、カーテンをあけた。爽やかな秋の陽ざしが室内にあふれた。

「夢じゃありません」バントリー夫人はきっぱりといった。「アーサー、すぐにおきて、階下へ行って、見てきてちょうだい」

「階下へ行って、書斎に死体があるかどうか尋ねろというのかね。みんなから、大バカ者だと思われてしまう」

「何も尋ねる必要はないわ。本当に死体があるのなら――そりゃ、もちろん、メアリの頭がおかしくなって、ありもしないものを見たと思いこんでる可能性もありますけどね――でも、死体があれば、誰かがすぐにそういうはずだわ。あなたは何ひとつおっしゃらなくていいのよ」

バントリー大佐はぶつぶついいながらガウンをはおり、寝室を出た。廊下を歩き、階段をおりた。階段の下に、召使いたちが小さくかたまっていた。泣きじゃくっている者もいた。執事がもったいぶって進みでた。

「おいでいただいて安堵いたしました。旦那さまがおいでになるまで何もするなと、みんなに命じておいたのです。わたくしから警察に電話してもよろしいでしょうか」

「電話？　なんの電話だ？」

執事はうしろを見やり、料理人の肩にすがってヒステリックに泣きじゃくっている背の高い若い女のほうへ、非難の視線を投げた。

「メアリからすでに報告が行っているものと思っておりました。ちゃんとご報告したと、メアリが申したものですから」

メアリが泣きじゃくりながらいった。

「おろおろしてしまって、何をいったか覚えてないんです。あのときの光景がまた浮かんできて、脚から力が抜けて、胃がひっくりかえってしまって。あんなの見つけるなんて――もう、もう、いや！」

メアリはふたたび、エクルズ夫人の肩にすがり、エクルズ夫人は「ほらほら、泣かないで、いい子だから」と、どことなく楽しげにいった。

「無理からぬことですが、メアリはいささか狼狽しております、旦那さま。なにしろ、不気味な発見をした当事者ですので」執事が説明した。「いつものように、カーテンをあけようと思って書斎に入り、そして――死体につまずきそうになったのです」

「ということは、つまり」バントリー大佐がきいた。「わたしの書斎に死体があるというのかね――このわたしの書斎に？」

執事は咳払いをした。

「あのう、旦那さま、ご自分でごらんになってはいかがでしょう」

3

「もしもし、もしもーし。こちら警察署。はい、どなたですか」

ポーク巡査は片手で受話器を持ちながら、反対の手で制服のボタンをかけていた。

「はい、はい。ゴシントン館ね。はい？　ああ、おはようございます」ポーク巡査の口調がかすかに変化した。相手が警察のスポーツチームに気前よく寄付をしてくれる後援者であり、この地区の主席治安判事だとわかって、横柄な警官口調はやや影をひそめた。「はい？　どんなご用件でしょう――申しわけありません、よくきこえなくて――死体とおっしゃいました？――はい？――はい、すみませんが――なるほど――見たこともない若い女なんですね――わかりました。はい、すべてわたしにおまかせください」

ポーク巡査は受話器をもどし、長々と口笛を吹いてから、上司の電話番号をダイヤルした。

ベーコンを炒めるおいしそうな匂いの流れてくる台所から、ポーク夫人が顔をのぞかせた。

「なんなの？」

「きいたこともないような妙な事件なんだ」夫は答えた。「お屋敷で若い女の死体が見つかった。大佐の書斎で」

「殺されたの？」

「絞殺だと、大佐はいってる」

「誰なの、その女」

「見たこともない女だそうだ」

「そんな女が大佐の書斎で何してたのかしら」

ポーク巡査は咎めるような視線で妻を黙らせ、堅苦しい口調で電話に向かって話しかけた。

「スラック警部ですか。こちら、ポーク巡査です。たったいま、通報がありまして、けさ七時十五分に若い女の死体が発見され……」

4

ミス・マープルが着替えをしていたとき、電話が鳴りだした。その音に彼女はいささかあわてふためいた。こんな時間に電話が鳴ることはめったにないからだ。未婚の老女の静かな暮らしはすべてに秩序が行き渡っているため、予想もしないときに電話があると、つい不吉な想像をしてしまう。

「あらあら」鳴りつづける電話機を当惑の表情でながめて、ミス・マープルはつぶやいた。「いったい誰かしら」

村の人々が親しい隣人に電話をかけるのにふさわしい時間帯は、朝の九時から九時半までとされている。一日の予定や招待などが話題にされるのは、つねにその電話のときだ。肉屋は何かトラブルが持ちあがってその日の商売ができそうにないときには、九時すこし前に客に電話することになっている。日中もときおり電話のやりとりがあるが、夜の九時半以降に電話をするのは礼儀に反すると考えられている。ミス・マープルの甥が作家であり、従って変人であるがゆえに、常識はずれの時間に電話してくることで有名なのは事実である。一度など、深夜の十一時五十分にかけてきたこともあった。しかし、甥のレイモンド・ウェストがいかに変わった癖を持っていようと、早起きだけはそのなかに含まれていない。彼にしろ、ミス・マープルのほかの知人にしろ、朝の八時前に電話をよこすようなことはぜったいにない。正確にいうと、八時十五分前に。

電報にしても早すぎる。郵便局がひらくのは八時なのだから。

「きっと」ミス・マープルは結論を出した。「まちがい電話だわ」

結論が出たところで、しつこく鳴りつづける電話機に近づき、受話器をとって、うるさいベルの音を静めた。「もしもし？」

「もしもし、ジェーンね？」

ミス・マープルはびっくり仰天した。

「ええ、ジェーンよ。ずいぶん早起きねえ、ドリー」

電話の向こうから伝わってくるバントリー夫人の声は、息を切らし、興奮していた。

「とんでもないことがおきたの」

「あらあら、どうしたの？」

「書斎で死体が見つかったの」

一瞬、ミス・マープルは友人の頭がおかしくなったのだと思った。

「何が見つかったんですって？」

「ええ、ええ。誰も信じちゃくれない。そうでしょ？　わたしだって、本のなかだけのことだと思ってたわ。けさも、階下へ見にいくようアーサーを説き伏せるのに、さんざん口論しなきゃならなかったのよ」

ミス・マープルは心を落ち着けようとした。おそるおそる尋ねた。「でも、誰の死体なの？」

「金髪」

「なんですって？」

「金髪。きれいな金髪の女——これも本のなかの話みたいでしょ。その女を見たことのある者は、うちには誰もいないの。とにかく、女が書斎に倒れてるのよ。死体になって。

そういうわけだから、すぐにきてほしいの」

「わたしがそちらへ？」

「そう。車を迎えにやるわ」

ミス・マープルはおぼつかない口調でいった。

「いいですとも。わたしが行って、多少なりともあなたの慰めになるのなら――」

「ううん、慰めてほしいなんて思ってないわ。ただね、あなた、死体となれば得意でしょ」

「いやだわ、とんでもない。わたしの小さな成功はほとんどが理論から導きだしたものなのに」

「でも、殺人事件の解決に大活躍してきたじゃない。その女は殺されたのよ。首を絞められて。わたしが思うに、自分の家で現実に殺人がおきたとなれば、せめてそれを楽しんでもいいんじゃないかしら。わかるでしょ、この気持ち。だからこそ、あなたにきてもらって、犯人を見つけたり、謎を解いたりする手伝いをしてもらいたいの。けっこうスリリングなんですもの。そうでしょ？」

「わかったわ、行きましょう。すこしでもあなたの力になれるのなら」

「うれしい！　アーサーがいい顔しないのよ。わたしがおもしろがってるのを不謹慎だと思ってるみたい。もちろん、すごく悲しい事件だとは思うけど、相手はわたしの知らない女だし——現実にあんな女がいるなんて思えないのよ。あなただってその目で見れば、わたしのいってる意味がわかると思うわ」

5

ミス・マープルは少々息を切らしながら、バントリー家の車からおりた。お抱え運転手がドアをあけて支えていた。

バントリー大佐が玄関前の石段まで出てきて、ぎょっとした表情になった。

「ミス・マープル？——これは——ようこそ」

「奥さまからお電話をいただいたものですから」ミス・マープルは説明した。

「なるほど、なるほど。家内にはそばについててくれる人が必要だ。でないと、神経がまいってしまう。いまのところ、平気な顔をしておりますが、なにしろ事が事だけに——

——」

この瞬間、バントリー夫人があらわれて叫んだ。

「ダイニングルームにもどって、朝食をすませてくださいな、アーサー。ベーコンが冷めてしまうわ」

「警部が到着したのかと思ったんだよ」バントリー大佐は弁解した。

「もうじきお着きになるでしょう」バントリー夫人はいった。「だからこそ、その前に朝食をすませてもらいたいの。食事はちゃんととらなくちゃ」

「おまえもだ。一緒にきて、何か食べたほうがいいぞ、ドリー」

「すぐ行くわ」バントリー夫人はいった。「先にいらしてて、アーサー」

バントリー大佐は反抗的なメンドリみたいにして、ダイニングルームへ追い払われた。

「さてと！」バントリー夫人は勝ち誇った口調でいった。「きてちょうだい」

夫人は先に立って長い廊下を足早に進み、屋敷の東側に向かった。書斎のドアの外で、ポーク巡査が見張りに立っていた。偉そうな態度でバントリー夫人を押しとどめた。

「誰も入ることはできません、奥さま。警部の命令です」

「ばかばかしい。ミス・マープルのことはよくご存じでしょ」

ポーク巡査はミス・マープルを知っていることを認めた。

「ぜひミス・マープルに死体を見てもらわなきゃならないの。バカいわないでちょうだい、ポーク。そもそも、ここはうちの書斎なのよ。ちがう？」

ポーク巡査は譲歩した。上流階級に譲歩するという彼の習慣は生まれながらのものだった。警部に報告しなきゃいいんだ——彼は思った。

「何かに指を触れたり、手にとったりしないでくださいよ」巡査は二人の婦人に警告した。

「大丈夫よ」バントリー夫人はいらだたしげに答えた。「それぐらい知ってますとも。心配なら、一緒に入って見ててちょうだい」

ポーク巡査はこの提案に飛びついた。どっちみち、なかに入りたくてうずうずしていたのだ。

バントリー夫人は勝ち誇った様子で、友達を連れて書斎を横切り、大きい古風な暖炉の前まで行った。クライマックスを告げる芝居がかった声でいった。「ほら、見て！」

その瞬間、ミス・マープルは〝現実にあんな女がいるなんて思えない〟と友達がいった意味をはっきりと理解した。書斎はその持ち主を象徴している部屋だった。広くて、古びていて、散らかっていた。たわんだ大きなアームチェアがいくつか置かれ、大きなテーブルには、パイプや本や書類が雑然とのっている。壁には、祖先のみごとな肖像画が一、二点、ヴィクトリア時代の下手くそな水彩画が何点か、そして、狩猟風景をユーモラスに描いたつもりの絵が何点か。片隅には、アスターを活けた大きな花瓶。部屋全体が薄暗く、ゆったりとした気さくな雰囲気だった。長年にわたって人々がこの屋敷で暮らし、書斎に親しんできたことや、書斎が伝統と結びついていることを、その雰囲気が物語っていた。

そして、暖炉の前に敷かれた古い熊の毛皮のラグ上に、新しくて、粗野で、芝居じみたものが横たわっていた。

それは若い女のけばけばしい姿だった。不自然な色合いの金髪を結いあげて、凝ったカールや巻毛で飾り立てている女。ほっそりした身体は、背中が大きくあいたスパンコールつきの白いサテンのイブニング・ドレスに包まれている。化粧はどぎつくて、青く膨れあがった肌の上で白粉がグロテスクに目立ち、マスカラを塗った睫毛がゆがんだ頬に重たげにかぶさり、口紅の真っ赤な色はまるで裂傷のようだ。手の爪には深みのある赤いマニキュア。安物の銀色のサンダルをはいた足の爪にも同じ色が塗ってある。安っぽくて、下品で、けばけばしい姿——バントリー大佐の書斎の古風な心地よさには、およそそぐわないものだった。

バントリー夫人が低い声でいった。

「わたしのいった意味がわかるでしょ？　ひどく嘘っぽいでしょ！」

横にいる老婦人もうなずいた。じっと考えこみながら、女の丸まった姿を長いあいだ見おろしていた。

ようやく、おだやかな声でいった。

「ずいぶん若いのね」

「ええ——ええ——そういわれれば若いわね」バントリー夫人は驚いているように見えた——新たな発見をしたかのごとく。

ミス・マープルは身をかがめた。女には手を触れなかった。ドレスの胸もとを命がけでつかんでいる女の指をみつめた。空気を求めて断末魔のあがきをしていたときに、ドレスに爪を立てようとしたかに見える。

外の砂利道に車がザザッと入ってくる音がした。ポーク巡査が焦っていった。

「あ、きっと警部です……」

上流階級の人間はけっして人を裏切らないという、幼いころから彼に刷りこまれた信念どおり、バントリー夫人はすぐさまドアのほうへ行った。ミス・マープルもあとにつづいた。バントリー夫人がいった。

「心配しなくていいのよ、ポーク」

ポーク巡査はほっと胸をなでおろした。

6

ママレードを塗ったトーストの最後の一切れをコーヒーで急いで流しこんでから、バントリー大佐は玄関ホールへ急ぎ、州警察本部長のメルチェット大佐がスラック警部を従えて車からおりるのを見て、安堵の息をついた。メルチェットとは親しいつきあいだった。スラックについては、あまりよく思っていなかった。なにしろ、この男、〝のんびり屋《スラック》〟という苗字に似合わぬエネルギッシュな人物で、せかせかと動きまわる上に、自分にとってさほど重要と思えない人間の感情は無視してしまうという性格なのだ。

「おはよう、バントリー」本部長がいった。「わたしが直接足を運んだほうがいいと思ってね。とんでもない事件がおきたそうだな」

「そのう――そのう――」バントリー大佐は自分の考えをあらわすのに四苦八苦した。

「信じられん――言語道断だ！」

「どこの女なのか、心当たりはないのかね」

「まったくない。一度も見たことのない女だ」

「執事が何か知ってるんじゃないでしょうか」スラック警部がきいた。

「ロリマーもわたしに劣らず面食らっている」

「はあ」スラック警部はいった。「そうですか」

バントリー大佐はいった。

「ダイニングルームに朝食が用意してある、メルチェット。軽くどうだね」

「いや、いや——捜査にかかったほうがいい。もうじきヘイドックが着くはずだし——あ、きたきた」

もう一台の車が入ってきて、警察医も兼ねている肩幅の広い大男のヘイドック医師が車からおりた。二台目の警察車からは、二人の私服刑事がおりてきた。一人はカメラを持っていた。

「準備はいいかね」本部長がいった。「よし。行くとしよう。スラックからきいたんだが、書斎だそうだ」

バントリー大佐はうめいた。

「信じられん！　けさ、メイドが入ってきて書斎に死体があるといったという話を、家内からきかされたときは、とうてい本気にできなかった」

「そりゃそうさ。その気持ちはよくわかる。奥さんがひどいショックを受けてなきゃいいんだが」

「家内はしっかりしてるよ——心配いらん。あのミス・マープルをこっちに呼び寄せたんだ——村から」

「ミス・マープル？」本部長の顔がこわばった。「なぜまたミス・マープルを呼んだんだ」

「ああ、女は女どうしってやつさ——そう思わんかね」

メルチェット大佐はかすかな含み笑いとともにいった。

「わたしが思うに、奥さんは素人探偵をやってみるつもりじゃないかねえ。ミス・マープルは村の名探偵だ。前にも、みごとにわれわれの鼻を明かしたことがあっただろ、スラック」

スラック警部はいった。「あれはちがいます」

「どこがちがうんだ」

「あれは村のなかの事件でした。あの老女は村でおきる出来事ならひとつ残らず知ってます。それはたしかです。しかし、ここでは手も足も出ませんよ」

メルチェットはそっけなくいった。「きみだって、事件に関してまだほとんどわかっとらんじゃないか、スラック」

「まあまあ、しばしお待ちを。わたしが事件を解決するまでに、そう長くはかかりません」

7

ダイニングルームでは、今度はバントリー夫人とミス・マープルが朝食をとっていた。客に給仕をしたあとで、バントリー夫人は待ちかねたようにいった。

「どう、ジェーン？」

ミス・マープルは顔をあげ、とまどい気味の表情で夫人を見た。

バントリー夫人は期待をこめていった。

「何か連想させられるものはない？」

なにしろ、ミス・マープルは村の小さな出来事をもっと大きな事件と関連づけて考え、その事件に解決の光を投げかけるという才能によって、名声を得るにいたったのだ。

「いいえ」ミス・マープルは考えこみながらいった。「ないわ――いまのところは。チェティ夫人の末娘――イーディよ、知ってるでしょ――のことをちょっと連想したぐらいね。でも、それはたぶん、殺された女に爪を嚙む癖があったのと、前歯がちょっと出てるせいだと思うわ。それだけのことよ。そうそう」ミス・マープルは話をつづけて、さらなる類似点を挙げた。「イーディもいわゆる安ピカ物が好きだったわね」

「ドレスのことをいってるの？」バントリー夫人がきいた。

「ええ、とても下品なサテン――安物だわ」

バントリー夫人はいった。

「そうね。どの商品も一ギニー均一っていう、趣味の悪い小さな店で売ってるような品ね」夫人は期待に満ちた口調でさらにつづけた。「ねえ、チェティ夫人のとこのイーディがどうなったのか、教えてちょうだい」

「奉公先を一回替えただけ――とてもまじめにやってるわ」

バントリー夫人はかすかな失望を感じた。

「どうしても理解できないのは」バントリー夫人はいった。「あの女がアーサーの書斎で何をしてたかってことなの。ポークの話だと、窓がこじあけられてたそうよ。女が誰かと一緒に泥棒に入って、そのあとで口論になったのかもしれない――でも、そんなこと、ふつうじゃ考えられないわ。そうでしょ？」

「泥棒に入るような服装ではありませんよ」じっと考えこみながら、ミス・マープルはいった。

「そうね。ダンスか――何かのパーティに行くような格好ね。でも、そんなパーティ、うちではひらいてないわ――ご近所のお宅だって」

「でも……」ミス・マープルは迷いながらいった。

バントリー夫人はそれに飛びついた。

「何か考えが浮かんだのね、ジェーン」

「いえね、ふっと思いついたんだけど……」

「え？」

「バジル・ブレイク」

バントリー夫人は思わず「よしてよ！」と叫び、釈明するかのようにつけくわえた。

「わたし、彼のお母さんと知りあいなのよ」

二人の婦人は顔を見あわせた。

ミス・マープルはためいきをついて、首をふった。

「あなたの気持ちはよくわかるけど……」

「セリーナ・ブレイクみたいにすばらしい人はちょっといないわ。あそこの花壇の縁どりときたら、そりゃみごとなものよ。わたしなんか、もう羨ましくて。それに、挿し木用の枝だって気前よく分けてくれるし」

ミス・マープルは、ブレイク夫人をかばおうとするこの意見には耳も貸さずに、こういった。

「そうはいっても、ほら、あれこれ噂が流れてるでしょ」

「ええ、ええ――知ってますとも。それに、バジル・ブレイクの名前が話に出ただけで、うちの夫はもうカンカン。以前、バジルがアーサーにすごく失礼な態度をとったことがあって、それ以来、誰かがバジルのことを褒めても、アーサーは耳を貸そうとしないの。バジルって、最近の若者によく見られる、人を小バカにしたようなしゃべり方をするでしょ――出身校とか、大英帝国とか、そういったものを大切にしてる人を嘲笑ったりして。おまけに、彼の着てる服といったら！」

バントリー夫人はさらにつづけた。「田舎では何を着ようとかまわないっていう人もいるそうね。そんなバカな話はないと思うわ。田舎だからこそ、みんなの目につくのよ」夫人はそこで一息入れて、なつかしそうにつけくわえた。「産湯を使ったころは、バジルもほんとにかわいい赤ちゃんだったのに」

「先週の日曜の新聞に、チェヴィオット殺人事件の犯人が赤ちゃんだったころの、かわいい写真が出てましたよ」ミス・マープルはいった。

「あら、ジェーン、あなた、まさかバジルが――」

「いえ、いえ。そんな意味でいったんじゃないの。とんでもない早合点ってものよ。わたしはただ、若い女がここで見つかった理由をつきとめようとしてるだけなの。セント・メアリ・ミードなんて、若い子にはおよそ不似合いな場所でしょ。だから、説明をつけるとしたら、バジル・ブレイクしかないような気がしたの。彼なら何度もパーティをひらいてるわ。ロンドンや撮影所からいろんな人がやってくる——去年の七月のことを覚えてる？　騒いだり、歌ったり——うるさいったらなかったわ——みんな、ぐでんぐでんに酔ってたんでしょうね——それに、翌朝のゴミと割れたグラスといったら、ほんとに信じられないぐらいだった——ベリー夫人がそういってたわ——しかも、若い女がお風呂で寝てたんですって。何ひとつ身につけないで！」

バントリー夫人は寛大な口調でいった。

「だって、映画関係の人たちなんでしょ」

「おそらくね。それから——あなたもたぶん耳にしてると思うけど——その数週間後の週末に、バジルは若い女を連れてきたのよ——プラチナ・ブロンドを」

バントリー夫人は叫んだ。

「まさか、それが今回の……？」

「ええ——ちょっと気になってるの。もちろん、その女を近くで見たことはないわ——

車の乗り降りを見かけただけよ——それから、ショートパンツとブラジャーだけの姿で、コテージの庭で日光浴してるとこを見たこともあるわ。でも、顔は一度も見てないの。それに、お化粧して、髪を結って、爪にマニキュアした女っていうのは、誰でもそっくりに見えるものだし」

「そうね。でも、ひょっとしたらそうかもしれない。いい思いつきだわ、ジェーン」

第二章

1

それはまた、ときを同じくして、メルチェット大佐とバントリー大佐のあいだで議論されていたことでもあった。

本部長は死体を調べ、部下たちが所定の捜査にとりかかるのを見届けたあとで、屋敷の主人とともに、屋敷の反対側にあるべつの書斎へ移動したのだった。

メルチェット大佐は短い赤毛の口髭をひっぱる癖のある、短気そうな顔つきの男だった。いまも口髭をひっぱりながら、相手を横目で困惑気味にながめていた。ようやく、口をひらいた。

「いいかね、バントリー、ひとつはっきりさせておきたいことがある。あの女が誰なのか見当もつかないというのは事実かね」

相手はカッとなって反論しようとしたが、本部長はそれをさえぎった。

「うん、うん、わかった。だが、まあ、わたしの話をきいてくれ。きみにとっては、じつにバツの悪いことかもしれんが。きみには家庭があり、奥さんを愛している。だが、ここだけの話——もし、あの女となんらかの関係があったのなら、いまここで打ち明けてくれ。事実を隠したいと思うのは無理もない。わたしだって同じ気持ちになるだろう。だが、そうはいかん。殺人事件なんだから。事実はいずれ明るみに出る。何もきみが女を絞殺したなどといってるんじゃないよ——きみがそんなことをするはずはない——わかっているとも。だが、女は現にここにきている——この屋敷に。もしかしたら、女が書斎に忍びこみ、きみに会おうと待っていたときに、どこかの男があとをつけてきて、殺害したのかもしれん。ありえない話ではない。わたしのいう意味はわかるだろ？」

「よしてくれ、メルチェット。いっておくが、あの女には生まれてから一度も会ったことがない！　わたしはそんな男ではない」

「いや、それならいいんだ。疑ったりして悪かった。つい俗っぽいことを考えてしまって。だが、きみがそういうのなら——そこで疑問が生じる。女はここで何をしてたんだ。このあたりの人間じゃなさそうだぞ。ぜったいに」

「すべてが悪夢だ」屋敷の怒れる主人はいきり立った。

「問題はだな、きみ、女がきみの書斎で何をしていたかだ」

「知るもんか。わたしが呼んだわけではない」

「そりゃそうだ。しかし、とにかく、女はここにきた。きみに会うつもりだったように見える。きみ、妙な手紙や何かを受けとった覚えはないかね」

「いいや、ない」

メルチェット大佐は遠慮っぽく尋ねた。

「ゆうべは何をしてたんだね」

「保守党の会合に出ていた。九時に、マッチ・ベナムで」

「で、家に帰ったのは何時ごろ？」

「十時すこしすぎにマッチ・ベナムを出た――帰る途中で車の調子が悪くなって、タイヤを交換しなきゃならなかった。家に着いたのは十二時十五分前だった」

「書斎には入らなかった？」

「ああ」

「残念だな」

「疲れてたんだ。すぐにベッドに入った」

「おきて待っていた者は？」

「誰もいない。出かけるときはかならず、玄関の鍵を持っていくからね。こちらからとくに指示しないかぎり、ロリマーは十一時にベッドに入ることにしている」

「書斎の戸締りは誰の役目だね」

「ロリマーだ。この季節だと、たいてい、七時半ごろかな」

「夜のあいだに、彼がもう一度書斎に入ることはあるだろうか」

「わたしが留守のときは入らない。ウィスキーとグラスをのせた盆を廊下に置いといてくれる」

「なるほど。奥さんはどうだろう」

「わからん。わたしが帰ったときは、もうベッドに入ってぐっすり眠っていた。ゆうべは書斎にいたかもしれんし、客間のほうだったかもしれん。尋ねるのを忘れてしまったが」

「いや、かまわん。こまかい点はいずれわかるだろう。もちろん、召使いの一人がかかわっていた可能性もある。そうだろう？」

バントリー大佐は首をふった。

「考えられん。きちんとした連中ばかりだ。長年にわたって仕えてくれている」

メルチェットも同意した。

「そうだな。召使いがこんなことにかかわったとは考えにくい。あの女が町からやってきたと考えるほうが自然だな――たぶん、どこかの若い男と一緒に。だが、なぜこの屋敷に忍びこもうとしたかとなると――」

バントリー大佐が口をはさんだ。

「ロンドンだよ。きっとそうだ。ここらには、そんな不埒なふるまいをする者は誰もおらん――いや、待てよ――」

「ん、なんだね」

「わかったぞ！」バントリー大佐は叫んだ。「バジル・ブレイクだ！」

「何者だ」

「映画界に関係している若い男だ。不愉快きわまる若い野蛮人。家内はやつの母親と学校が一緒だったものだから、あの男の肩を持つんだが、まったくねえ、退廃的な役立たずの生意気なガキどもときたら！　尻を蹴飛ばしてやりたいよ！　ランシャム・ロードのあのコテージに住んでる男さ――知ってるだろ――趣味の悪いモダンな建物。そこでパーティをひらくんだ。金切り声で騒ぐうるさい連中。週末には女どもをひっぱりこむ」

「女？」

「そうとも。先週も一人きていた――プラチナ・ブロンドの女で――」

大佐は顔をこわばらせた。

「プラチナ・ブロンドだと？」メルチェットは考えこんだ。「そうだ。なあ、メルチェット、きみ、まさか――」

メルチェットは歯切れよくいった。

「そうかもしれん。それなら、ああいうタイプの女がセント・メアリ・ミードにいたのもうなずける。いまからそっちに出向いて、その若い男の話をきくとしよう――ブレイドだか――ブレイクだか――ええと、なんて名前だっけ？」

「ブレイクだよ。バジル・ブレイク」

「家にいるだろうか」

「ええっと、今日は何曜日だね――土曜日？　土曜の午前中はたいていい、こっちにきている」

メルチェットはいかめしい顔でいった。

「会えるかどうか、とにかく行ってみよう」

2

バジル・ブレイクのコテージは、チューダー様式を模したハーフ・ティンバー造りの悪趣味な外観の内部に、ありとあらゆる現代的設備をとりつけた建物で、郵便局と、建設業者のウィリアム・ブッカーからは〝チャッワース邸〟、バジル当人とその友達連中からは〝時代建築〟、そして、セント・メアリ・ミードの村人全体からは〝ブッカー氏の新築一軒家〟と呼ばれていた。

コテージが建っているのは、野心満々のブッカー氏が〈ブルー・ボア〉亭のすこし先に購入した新しい住宅地帯なので、村の中心部から四分の一マイルほど離れていて、人の往来のとくにすくない田舎道のほうを向いて建てられていた。ゴシントン館はこの同じ道をさらに一マイルほど行ったところにある。

〝ブッカー氏の新築一軒家〟を映画スターが購入したというニュースが広まったとき、セント・メアリ・ミード村は好奇心で沸きかえった。噂の人物はいつ村に姿を見せるのかと、熱心な監視がつづけられた。容貌を見るかぎりでは、バジル・ブレイクはまことに理想的なタイプといえそうだった。しかしながら、だんだんと正体がばれてきた。バジル・ブレイクは映画スターではなかった——映画俳優ですらなかった。ブリティッシュ・ニュー・イアラ・フィルムズの本社があるレンヴィル・スタジオでセット造りを担当しているスタッフのリストの、十五番目ぐらいに名前が出ている下っ端にすぎなかった。村の娘たちは興味を失い、詮索好きな老嬢たちという支配階級はバジル・ブレイクの生活様式を非難するようになった。ただ一人、〈ブルー・ボア〉亭のおやじだけが、バジルとその友人たちを礼賛しつづけた。この若者が村にきて以来、〈ブルー・ボア〉亭の売上げがぐんと伸びているからだ。

ブッカー氏お気に入りの錆びてゆがんだ門の外に警察車が停まり、メルチェット大佐はチャツワース邸のおおげさなハーフ・ティンバー造りに不快そうな視線を投げてから、つかつかと玄関ドアに近づいて、ノッカーを勢いよく叩きつけた。

思ったよりも早くドアがひらいた。やや長めに伸ばしたまっすぐな黒髪、オレンジ色のコーデュロイのズボン、ロイヤル・ブルーのシャツという格好の若い男がぶっきらぼうにいった。「なんの用だよ」

「バジル・ブレイクさん?」

「決まってんだろ」

「もしおさしつかえなければ、ちょっとお話しできるとありがたいんですが、ブレイクさん」

「あんた、誰?」

「メルチェット大佐です。州警察本部長の」

ブレイクは横柄にいった。

「こりゃ驚いた。おもしれえや!」

メルチェット大佐は彼のあとにつづいて家に入りながら、バントリー大佐の反応がどのようなものであったかを理解した。メルチェット大佐自身のブーツの爪先もむずむずしていた。

しかしながら、メルチェット大佐は自分を抑えて、愛想よく話しかけようと努力した。

「早起きですな、ブレイクさん」

「いいや。まだ寝てないんだ」

「はあ」

「けど、あんたがここにきたのは、おれの就寝時間を調べるためじゃないんだろ。もしそうなら、州警察の時間と金を無駄遣いしてることになるぜ。さて、話ってのは?」

メルチェット大佐は咳払いをした。

「きくところによりますと、ブレイクさん、この前の週末、ここにお客があったそうですが――ええ――そのう――金髪の若いレディが」

バジル・ブレイクは目をみはり、つぎに頭をのけぞらせて笑いころげた。

「村の婆さんたちがご注進におよんだのかい。おれの品行のことで？ やってらんないね。品行は警察の管轄じゃないんだぜ。それぐらいわかってんだろ」

「おっしゃるとおり」メルチェットはそっけなく答えた。「あなたの品行はわたしに関係のないことです。こうしてお邪魔したのは、金髪の若いご婦人――それも――エキゾチックな格好をしたご婦人――の死体が発見されたからなのです――殺されたのです」

「ヒエー！」ブレイクは大佐をみつめた。「どこで？」

「ゴシントン館の書斎で」

「ゴシントン館？ バントリーのジジイんとこ？ そりゃ愉快だ。バントリーか！ 汚ねえジジイめ！」

メルチェット大佐は顔を真っ赤にした。目の前の若者がまたしても笑いころげるのを見て、ぴしっといった。「言葉に気をつけていただきたいですな。この事件に関して何か参考になる意見がないかどうか、お尋ねしにきたのです」

「うちの金髪女がいなくなってないかどうか、ききにきたんだろ？ 目的はそれだろ？ なんでおれが――おっとっと、あれはなんだ？」

一台の車がブレーキをキキーッといわせて、外に停まった。黒と白のゆったりしたパンツスーツを風にはためかせて、若い女がつんのめるようにおりてきた。真っ赤な唇、黒いマスカラを塗った睫毛、そして、プラチナ・ブロンドの髪。女はつかつかと玄関に近づくと、ドアを乱暴にひらき、腹立たしげに叫んだ。

「なんであたしを置いて帰っちゃったのよ、人でなし！」

バジル・ブレイクもカッときた。

「へえ、やっと帰ってきたのか！　置いてかれて当然だろ。帰ろうっていったのに、おまえ、耳を貸そうともしねえんだから」

「あんたに命令されたからって、なんで帰んなきゃいけないのよ。せっかく楽しくやってたのに」

「ああ——あの薄汚ねえローゼンベルクの野郎とな。あれがどんな男か、おまえも知ってんだろ」

「妬いてたのね、要するに」

「つけあがるんじゃない。おれはな、自分の惚れた女がグラスをちゃんと持つこともできないで、中央ヨーロッパの下司《げす》野郎に身体をなでまわされてるっていう、そんな姿を見るのがいやなんだよ」

「ご冗談でしょ。あんただってずいぶん飲んでたわよ——おまけに、黒髪のスペインのあばずれといちゃついたりして」

「おれと一緒にパーティに行ったときは、行儀よくしてもらいたいね」

「あら、あたし、命令されるのはごめんよ。ぜったいに。あんたは、二人でパーティに出て、そのあとここにこようっていった。でも、あたしね、自分が帰る気にもならないうちにパーティを抜けだすのはいやなの」

「そうだよな——だから、おれはおまえを置いてったのさ。そろそろ帰りたくなって、ここに帰ってきた。バカ女を待ってぐずぐず居残るなんてまっぴらだよ」

「やさしくて礼儀正しい人ですこと！」

「ま、結局は、おれのあとを追っかけてきたわけだ！」

「あんたのことをどう思ってるか、一言いいたかったのよ！」

「おれを尻に敷こうと思ったなら、大まちがいだ！」

「あんただって、あたしに命令できると思ってんなら、考えなおしたほうがいいわ！」

二人はにらみあった。

メルチェット大佐がようやくチャンスをとらえて大きな咳払いをしたのは、この瞬間だった。

バジル・ブレイクがあわててふりむいた。

「おっと、あんたがいるのをすっかり忘れてた。そろそろおひきとり願おうか。紹介しておこう――ダイナ・リー――州警察のブリンプ大佐（デヴィッド・ロウの漫画に登場する保守主義者）。さてと、大佐、おれのブロンド女が生きてて、しかもぴんぴんしてるのが確認できたんだから、ここらで、バントリーのジジイのくだらん事件を捜査する仕事にもどっちゃどうだね。ご機嫌よう！」

メルチェット大佐は「わたしからの忠告だが、その礼儀正しい言葉遣いは頭のなかにしまっておきたまえ、お若いの。でないと、災いを招くことになりますぞ」といって、顔を真っ赤にし、ぷりぷりしながら、足どりも荒く出ていった。

第三章

1

マッチ・ベナム警察の本部長室で、メルチェット大佐は部下の報告書を受けとり、こまかく目を通していた。

「……ゆえに、すべては明白と思われます、本部長」スラック警部が結論を述べていた。「バントリー夫人は夕食後の時間を書斎ですごし、十時すこし前にベッドに入りました。書斎を出るときに灯りを消したそうです。そのあとで書斎に入った者は一人もいないようです。召使いたちは十時半にベッドに入り、ロリマーは廊下に飲みものを置いたあと、十一時十五分前にベッドに入りました。不審な物音を耳にした者は誰もおりませんが、下働きのメイドだけはべつで、あきれるほど多くの物音をきいております。うめき声、血も凍る叫び、不気味な足音、その他いろいろ。同じ部屋を使っているもう一人のメイドがいうには、その子は一晩中、物音ひとつ立てずに熟睡していたそうです。警察にとって非常に迷惑なのは、いい加減なことをでっちあげるこうした連中なんです」

「こじあけられていた窓については？」

「素人の仕事だと、シモンズ刑事がいっています。使われたのはありふれた鑿ですね――よくある手口です――音もそんなにしなかったでしょう。屋敷のどこかにその鑿があるはずですが、まだ見つかっていません。まあ、道具としてはごくありふれたものです」

「召使いの誰かが何か知っている可能性はないだろうか」

スラック警部はおもしろくなさそうに答えた。

「いえ、それはないと思います。全員が大きな衝撃を受け、狼狽している様子です。わたし自身はロリマーが怪しいと思っていました――無口な男ですからね。しかし、無口だからといって、怪しいとはかぎりません」

メルチェットはうなずいた。ロリマーが無口であることを重視する気はなかった。スラック警部は押しが強すぎて、尋問をおこなう相手を無口にさせてしまうことがしばしばある。

ドアがあいて、ヘイドック医師が入ってきた。

「検死の結果をざっと報告しておこうと思ってな」

「うん、うん、そいつは助かる。それで？」

「たいした内容ではない。そちらの予想と一致するようなことばかりだ。死因は絞殺。被害者当人のサテンのベルトが首に巻かれ、うしろで交差している。きわめて簡単かつ単純な手口だ。力もたいして必要なかっただろう——被害者の女が不意打ちを食らったとすれば。抵抗の跡は見られない」

「死亡時刻は？」

「そうだな、午後十時から十二時のあいだ」

「もうすこし絞りこめないかな」

ヘイドックはかすかな笑みを浮かべて、首を横にふった。

「医者としての評判を危険にさらす気はないね。十時より早くはないし、十二時より遅くはない」

「で、先生自身の想像では、だいたい何時ごろだと？」

「状況によりけりだ。暖炉に火が入っていた——部屋は暖かだった——その場合は死後硬直がおきるのが遅くなる」

「被害者に関してそれ以外にいえることは？」

「あんまりないな。若い子だ——十七か十八ってとこか。いくつかの点ではまだまだ未成熟だが、筋肉は充分に発達している。きわめて健康なタイプだ。ついでにいっておくと、処女だった」

医師は会釈して、部屋を出ていった。

メルチェットは警部にいった。

「その女がゴシントン館にきたことは一度もなかったというのは、たしかなんだね」

「召使いたちがそう断言しています。そのことでひどく憤慨しています。屋敷の近辺で女を見かけたことがあれば、覚えているはずだというのです」

「そうだろうな」メルチェットはいった。「ああいうタイプは一キロ以上離れてても目立つものだ。ブレイクのとこにいたあの若い女を見てみろ」

「あの女じゃなくて残念でしたね」スラックはいった。「あれが被害者なら、捜査もすこしは進展してたでしょうに」

「わたしの見るところ、被害者の女はロンドンからきたにちがいない」本部長は考えこみながらいった。「地元に手がかりがあるとは思えない。となれば、ロンドン警視庁の協力を仰ぐのが賢明というものだ。これは警視庁の事件であって、われわれの事件ではない」

「しかし、女がなんらかの事情でこっちにきたことはまちがいありません」スラックはいった。ためらいがちにつけくわえた。「わたしにはどうも、バントリー大佐夫妻が何か知ってるように思えてならないんです。もちろん、夫妻が本部長の友人であることは存じていますが――」

メルチェット大佐は彼に冷たい視線を向けた。こわばった口調でいった。

「安心したまえ。わたしはあらゆる可能性を考慮に入れているのだから。あらゆる可能性をな」大佐はさらにつづけた。「失踪届のリストには、きみ、すでに目を通しただろうね」

スラックはうなずいた。タイプされた用紙をとりだした。

「ここに持ってきました。ソーンダーズ夫人、失踪の通報は一週間前。黒っぽい髪、青い目、三十六歳。これはちがいますね。そもそも、リーズからきた男――セールスマンなんですが――と逃げたってことは、夫をのぞく全員が知ってますから。バーナード夫人――これは六十五歳。パメラ・リーヴズ、十六歳、ガールガイドの大会に出たあと、昨夜から行方不明。濃褐色の髪をお下げにしている。身長一六五センチ――」

メルチェットはいらだたしげにいった。

「くだらん詳細をいちいち読むことはない、スラック。今回の被害者は女学生じゃないんだぞ。わたしの意見では――」

電話が鳴りだしたため、メルチェットは話を中断した。「もしもし――はい――はい、マッチ・ベナムの警察本部です――なんですと？　ちょっと待って――」

メルチェットはじっと聴き入り、手早くメモをとった。それから、ふたたび口をひらいた。声の響きが変化していた。

「ルビー・キーン、十八歳、職業はダンサー、一六三センチ、痩せ型、プラチナ・ブロンドの髪、青い目、つんと上を向いた鼻、服装はキラキラ光る白のイブニング・ドレスに銀色のサンダルと思われる。これで合ってるかね？　なんだと？　ああ、疑問の余地はない。いますぐそちらへスラックを行かせよう」

彼は電話を切ると、興奮にわくわくした顔で部下をみつめた。「ついにわかったぞ。いまの電話はグレンシャー警察からだ」グレンシャーというのはとなりの州である。

「デーンマスのマジェスティック・ホテルから若い女が失踪したらしい」

「デーンマスか」スラック警部はいった。「それなら納得できますね」

デーンマスというのは、ここからそう遠くない海辺にある、人気の観光地である。

「ここからわずか三十キロほどだ」本部長はいった。「女はマジェスティックでダンス・ホステスか何かをやってたらしい。ゆうべ、出番になってもあらわれなかったんで、ホテル側はひどくあわてたそうだ。けさになっても姿が見えないものだから、仲間の女の一人が心配しはじめた。いや、べつの誰かだったかな。そのへんがちょっと曖昧なんだが。すぐにデーンマスへ行ってくれ、スラック。ハーパー警視に連絡をとって、彼の捜査を手伝ってもらいたい」

2

行動、それがつねにスラック警部の得意とするところだった。車で現場に急行する、彼に何かを告げようと焦っている連中を横柄に黙らせる、緊急の必要性を訴える会話を中断させる。スラックにとっては、このすべてが生き甲斐だった。

それゆえ、彼は信じられないほど短時間のうちにデーンマスに着き、警察に顔を出し、おろおろしている不安げなホテル支配人に短い事情聴取をおこない、「まず、本当にその女かどうかを確認しないとな。捜査にとりかかる前に」といって支配人を中途半端な安心感のなかに置き去りにしたあと、ルビー・キーンにもっとも近い身内の人間を連れて、車でマッチ・ベナムにもどったのだった。

デーンマスを出る前にマッチ・ベナムに短い電話を入れておいたので、本部長は彼の到着を待ち受けていた。だが、「こちら、ジョージーです」という短い紹介は、おそらく予期していなかったことだろう。

メルチェット大佐は彼の部下を冷たくみつめた。大佐が思ったのは、こいつ、この女にのぼせあがってしまったんだろうか、ということだった。

車からおりたばかりの若い女が助け舟を出した。

「それは仕事のときの名前なんです」きれいにそろった大きな白い歯をちらっと見せて、彼女は説明した。「レイモンドとジョージー、パートナーと組んでそう名乗ってるから、ホテルの人たちにはジョージーで通ってるの。本名はジョゼフィン・ターナー」

メルチェット大佐はこの状況に自分を順応させ、ミス・ターナーに椅子を勧めながら、プロの警察官らしいすばやい一瞥を投げかけた。

なかなかきれいな若い女で、年はたぶん二十よりも三十に近いだろう。その美貌は、もともとの顔立ちよりも巧みな身だしなみに負うところが大きいようだ。頭がよくて、性格もよさそう、常識をわきまえている感じ。悩殺的と形容できるタイプではないが、魅力は充分にそなえている。控えめに化粧をして、ダークな色合いの注文仕立てのスーツを着ている。不安と狼狽に包まれているが、悲しみに打ちひしがれてはいないようだと、大佐は見てとった。

椅子にすわりながら、彼女はいった。「恐ろしすぎて、現実のこととは思えないわ。あのう、ほんとにルビーなんでしょうか」

「遺憾ながら、あなたにそれをうかがわなきゃならんのです。あなたにつらい思いをさせることになるかもしれませんが」

ミス・ターナーは気遣わしげにいった。

「あの子――あの子――無惨な姿になってるの？」

「まあ、そのう――あなたにはショックかもしれません」大佐が自分のシガレット・ケースをさしだすと、彼女は礼をいって一本とった。

「あの――いますぐ見たほうがいいのかしら」

「それがいちばんだと思います、ミス・ターナー。身元の確認ができないことには、あなたに質問してもあまり意味がありませんから。早くすませてしまうのがいちばんだ。そう思いませんか」

「わかりました」

二人は車で遺体安置所に出かけた。

なかにしばらく入ったあとで出てきたジョージーは、吐きそうな顔をしていた。

「たしかにルビーです」と、震える声でいった。「かわいそうな子。うう、めまいがする。あの——」ものほしげにあたりを見まわした。「ジンか何かありません？」

ジンはなかったが、ブランディならあった。ブランディをすこし喉に流しこんだあと、ミス・ターナーは落ち着きをとりもどした。率直にいった。

「すごいショックだわ。あんな姿を見せられて。かわいそうなルビー！　男はみんなけだものね！」

「それじゃ、あなたは男の犯行だと？」

ジョージーはいささか面食らったようだった。

「ちがうの？　あの、あたしはただ——てっきり——」

「誰か特定の男のことを考えておられたのですか」

ジョージーは激しく首をふった。

「いえ——べつに。見当もつきません。もちろん、ルビーがあたしに打ち明けるはずはなかったでしょうね。たとえ——」

「たとえ、なんでしょう」

ジョージーは返事をためらった。

「あの——たとえ、ルビーが——誰かとつきあってたとしても」

メルチェットは彼女に鋭い視線を投げた。本部長室にもどるまで、それ以上何もいわなかった。もどってから、ふたたび口をひらいた。

「さて、ミス・ターナー、ご存じのことをすべて話していただきたい」

「ええ、もちろんよ。どこから始めればいいかしら」

「殺された女性の氏名と住所、あなたとの関係、そして、彼女に関してあなたが知っているすべてのことを」

ジョゼフィン・ターナーはうなずいた。メルチェットは、さほど悲しんでいる様子ではないという印象をさらに強めた。ショックを受け、狼狽しているが、ただそれだけだ。

彼女はすぐさま話を始めた。

「あの子の名前はルビー・キーン。芸名よ。本名はロージー・レッグ。母親どうしがいとこなの。生まれたときから知ってるけど、とくに親しくしてたわけじゃないわ。わかるでしょ、そういう感じ。あたし、身内がおおぜいいるの——商売をやってる子とか、ステージに立ってる子とか。ルビーはダンサーになりたくてレッスンを受けてたの。去年、パントマイムか何かですごくいい契約を結んだのよ。そんなに高級じゃないけど、まあ、そこそこの地方劇団とね。そのあとは、ロンドン南部のブリクスウェルにある〈パレ・ド・ダンス〉で、ダンス・ホステスの一人として働いてたわ。すごくりっぱなお店で、女の子の待遇もいいんだけど、ギャラはあんまりよくないの」彼女はそこで言葉を切った。

メルチェット大佐はうなずいた。

「さて、そこであたしの登場。あたしは三年前から、デーンマスのマジェスティック・ホテルで、お客さまのダンスやブリッジの相手をするホステスとして働いてるの。いい仕事よ。お金になるし、やってて楽しいし。お客さまがホテルに到着したあとの世話をするの――もちろん、どんなお客さまかを見定めた上でね――干渉されたくないという人もいれば、一人ぼっちなので、いろんなことに誘ってほしいって人もいる。で、気の合いそうなお客さまに声をかけてブリッジや何かに誘ったり、若い人にダンスのペアを組ませたりするの。コツと経験がけっこう必要なのよね」

メルチェットはふたたびうなずいた。この女はなかなかのやり手だと思った。好感の持てる、愛嬌たっぷりのタイプだし、教養はゼロのようだが抜け目がなさそうだ。

「それに加えて」ジョージーは話をつづけた。「毎晩、レイモンドと組んでエキシビション・ダンスをやってるのよ。レイモンド・スター――テニスとダンスのプロ。さてと、運の悪いことに、あたし、この夏、泳ぎにいった日に岩場で足をすべらせて、足首を捻挫してしまったの」

彼女が軽く足をひきずって歩いていたことに、メルチェットも気づいていた。

「当然、ダンスはしばらく無理ってことになって、あたしは頭をかかえてしまった。ホテルが代わりにほかの子を雇ったりしたら困るもの。油断も隙もないのよ」一瞬、やさしげだったジョージーの青い目がきつく鋭くなった。きびしい生存競争のなかで生きてきた女なのだ。「新しい子に仕事を奪われてしまうかもしれない。そこで、あたし、ルビーのことを思いだして、あの子をこっちに呼んでもいいかって支配人に相談したの。ルホステスの仕事とか、ブリッジの相手なんかは、あたしにもやれるわけでしょ。ルビーにはダンスの代役だけを頼めばいい。身内で固めておくの。わかるでしょ？」

メルチェットはわかるといった。

「でね、ホテルが承知してくれたんで、電報を打って、ルビーを呼び寄せたってわけ。あの子にとっても、いいチャンスだった。あの子がやってきたどんな仕事よりもずっと上等だもの。それが一カ月前のことだったの」

メルチェット大佐はいった。

「わかりました。で、うまく行ったんですね」

「ええ、そうよ」ジョージーは軽い口調でいった。「大好評だったわ。あたしみたいにうまくは踊れないけど、レイモンドに巧みにリードしてもらって、どうにかさまになってたわ。それに、ぱっと目立つ美人だしね。ほっそりしてて、金髪で、可憐な感じ。お化粧がちょっと濃すぎたけど――そのことで、あたし、いつも小言をいってたのよ。でも、若い子がどんなだかおわかりでしょ。まだ十八だったんだもの。あの年ごろって、ついお化粧をやりすぎちゃうのよね。マジェスティックみたいな高級ホテルには合わないわ。いつもあの子をたしなめて、薄化粧にさせようとしてたんだけど」

メルチェットがきいた。「お客が彼女に好意を寄せることはありましたか」

「ええ、もちろん。ただ、そんなに長続きしなかったわね。あの子、あんまり頭のいいほうじゃなかったから。若い男性よりも、お年寄りに人気があったみたい」

「特別に親しい人はいましたか」

女の目が完璧な理解を示して彼をみつめた。

「あなたのおっしゃるような意味では、いなかったわ。というか、とにかく、あたしの知ってる範囲ではいなかった。でも、考えてみたら、あたしに打ち明けるわけないわよね」

ほんの一瞬、メルチェットはなぜそういいきれるのかといぶかった――ジョージーは厳格なタイプには見えないのに。だが、彼はこういうにとどめておいた。「ルビーを最後に見たときのことを話してくれませんか」

「ゆうべよ。あの子とレイモンドは毎晩、エキシビション・ダンスを二回やることになってるの。一回目は十時半、二回目は十二時に。まず一回目のダンスが終わった。そのあとで、ルビーがホテルに泊まってる若い男性の一人と踊ってるのを見かけたわ。あたしはラウンジでほかの人とブリッジをやってたの。ラウンジと舞踏室はガラスのパネルで仕切られてるから。あの子を見たのはそれが最後だったわ。十二時をすこしまわったころ、レイモンドがあたふたしながら飛んできて、ルビーはどこだ、まだ姿を見せない、そろそろ始める時間なのにっていったの。あたし、もう、頭にきちゃった！　若い女の子って、そういうバカなことやって、雇い主を怒らせて、クビになっちゃうんだから！　レイモンドと一緒にあの子の部屋まで行ってみたけど、あの子はいなかった。着替えて出てったみたいだった。ダンスのときに着てたドレスが——ピンクのふわふわしたドレスで、スカート丈の長いやつが——椅子にかけてあったから。スペシャル・ダンスをやる夜でないかぎり——それは水曜日なんだけど——あの子——いつも、同じドレスで踊ってたのよ。

どこへ行ってしまったのか、さっぱりわからなかった。楽団に頼んで、フォックス・トロットをもう一曲やってもらったけど——それでもルビーが見つからないんで、エキシビション・ダンスはあたしがやることにするって、レイモンドにいったの。足首に負担のかからない曲を選んで、時間も短くして――でも、やっぱり、足首にかなりこたえたわね。けさなんか、ばんばんに腫れあがってた。ダンスが終わっても、ルビーはもどってこなかった。で、みんなで二時まで待ちつづけたの。あの子にはほんとに頭にきたわ」

彼女の声がわずかに震えた。メルチェットはそのなかに本物の怒りを感じとった。ほんの一瞬、ふしぎに思った。いくら事情が事情とはいえ、この怒りようはいささか度を越している。何か隠していることがあるような気がした。彼はいった。

「そして、けさになってもルビー・キーンはもどってこなくて、ベッドに寝た形跡もなかったので、警察に連絡したわけですね」

メルチェット大佐は、スラック警部がデーンマスからよこした短い電話によって、じつはそうではなかったことを知っていた。しかし、ジョゼフィン・ターナーがどう答えるか、きいてみたかったのだ。

彼女は躊躇しなかった。「ううん、そんなことしてないわ」と答えた。

「なぜですか、ミス・ターナー」

彼女の目が率直に彼をみつめた。こういった。

「あなただって警察には知らせないはずよ――あたしの立場だったら！」

「といいますと?」

ジョージーはいった。

「自分の仕事のことを考えなきゃいけないもの。ホテルがぜったいに望まないもの、それはスキャンダルよ。警察沙汰になるようなスキャンダルはとくにね。ルビーの身に何かあったなんて、あたしは思わなかったわ。これっぽっちも! どっかの若い男にのぼせあがってバカなまねをしたんだろうって思っただけ。そのうちケロッとしてもどってくると思ってた。もどってきたら、きつくお灸をすえてやるつもりだった。十八の女の子って、ほんとにバカなんだから」

メルチェットは自分のノートに目を通すふりをした。

「ああ、そうか、警察に連絡したのはジェファースンとかいう人物でしたね。ホテルの泊まり客ですか」

ジョージーはそっけなく答えた。

「ええ」

メルチェット大佐は尋ねた。

「なぜまたジェファースン氏がそのようなことを?」

ジョージーはジャケットの袖口をなでていた。その態度には不自然なものがあった。

　メルチェット大佐はまたしても、何か隠しごとがあるような気がした。やや不機嫌な口調で彼女はいった。

「身体が不自由な人なの。でね——かなり興奮しやすいタイプなの。なにしろ、身体が不自由だから」

　メルチェットはつぎの質問に移った。

「あなたがルビーの姿を最後に見たとき、彼女と踊っていた若い男性は誰だったんですか」

「バートレットって人よ。十日ほど前から泊まってるの」

「二人はとても親しかったんですか」

「いえ、それほどでも。とにかく、あたしの知るかぎりでは」

　またしても、その声に奇妙な怒りのトーン。

「その男性はなんといっていますか」

「ダンスのあとで、ルビーは鼻に白粉をはたきに階上へ行ったそうよ」

「そのときに着替えたわけですね」

「たぶん」

「そして、それがあなたの知っている最後のことですね。そのあと、彼女は——」

「姿を消してしまった」ジョージーはいった。「そういうことなの」

「ミス・キーンはセント・メアリ・ミードに誰か知りあいがいましたか。あるいは、この近辺に」

「知らないわ。いたかもしれない。だって、いろんなとこから若い男がデーンマスにやってきて、マジェスティックに泊まるのよ。その人たちがどこに住んでるかなんて、向こうが教えてくれないかぎり、あたしにはわからないわ」

「ルビーの口から、ゴシントンって名前をきいたことはありませんか」

「ゴシントン？」ジョージーはキツネにつままれたような顔になった。

「ゴシントン館」

彼女は首をふった。

「一度もないわ」その声は確信に満ちていた。同時に、好奇心ものぞいていた。

「ゴシントン館というのは」メルチェット大佐は説明した。「彼女の死体が発見された場所なのです」

「ゴシントン館？」ジョージーは目をみはった。「おかしな話だこと！」

〝おかしな話〟とはいいえて妙だと、メルチェットはひそかに思った。声に出してこういった。

「バントリー大佐を、もしくは夫人をご存じですか」

ふたたび、ジョージーは首をふった。

「では、バジル・ブレイクという人物は？」

彼女はかすかに眉をひそめた。

「その名前ならきいたような気がするわ。ええ、たしかにきいたことがある——でも、その人に関しては何も覚えてないけど」

仕事熱心なスラック警部が、自分のノートから破りとったページを上司のほうへすべらせた。そこには鉛筆でこう書かれていた。

〝バントリー大佐、先週マジェスティックで夕食〟

メルチェットは顔をあげ、警部と視線をかわした。顔を赤らめた。スラックは勤勉かつ熱意に燃える警官で、メルチェットは彼のことが大嫌いだった。だが、この挑戦を無視するわけにはいかなかった。メルチェットが自分と同じ階級の人間をえこひいきしていることを、パブリック・スクール出身者をかばっていることを、スラック警部は暗に非難しているのだ。

メルチェットはジョージーのほうを向いた。

「ミス・ターナー、おさしつかえなければ、一緒にゴシントン館まできていただけませんか」

ジョージーの同意のつぶやきをほとんど無視して、メルチェットは冷たく、挑みかかるように、スラックの視線をとらえた。

第四章

1

セント・メアリ・ミード村は絶えて久しくなかったような興奮に満ちた朝を迎えていた。

みんなを魅きつける情報を最初に広めたのは、長い鼻をした、辛辣な独身女性のミス・ウェザビーだった。彼女はまず、友達であり、隣人であるミス・ハートネルを訪ねた。

「こんな早くにお邪魔してごめんなさい。でも、ひょっとすると、あなたがまだニュースをきいてないんじゃないかと思って」

「なんのニュース？」ミス・ハートネルがきいた。彼女は深みのある低い声をしていて、貧しい人々がいくら彼女の奉仕を拒もうと努力しても、飽きることなく彼らの家を訪問しつづけている。

「バントリー大佐の書斎で見つかった死体のことよ——女の死体——」

「バントリー大佐の書斎で？」

「そうなの。とんでもない話でしょ？」

「奥さんもお気の毒に」ミス・ハートネルは深い熱烈な喜びを隠そうとした。

「ほんとにねえ。何ひとつご存じなかったでしょうね」

ミス・ハートネルは非難めいた意見を述べた。

「あの奥さん、お庭のことにかまけてて、ご主人のことはほったらかしだったもの。男にはつねに目を光らせておかなきゃ——つねに——つねによ」ミス・ハートネルは勢いよくくりかえした。

「わかるわ。わかるわ。ほんとにぞっとするわね」

「ジェーン・マープルの意見をきいてみたいわ。あの人の耳にはもう入ってるのかしら。こういうことにかけては、すごく鋭い人でしょ」

「ジェーン・マープルなら、ゴシントン館へ出かけたわ」

「ええっ？　けさ？」

「すごく早く。朝食の前に」

「まあ、驚いた！　まさかねえ！　いくらなんでもやりすぎだわ。ジェーンがいろんなことに鼻をつっこむのを趣味にしてることは、みんな知ってるけど——でも、それはちょっと無神経ねえ！」

「あら、バントリーの奥さんに呼ばれて出かけたのよ」

「奥さんが呼んだの？」

「そうよ、車が迎えにきたわ——運転してたのはマズウェル」

「おやまあ！　おかしな話だこと……」

二人は一、二分ほど黙りこんで、その知らせを頭のなかで消化した。

「誰の死体なの？」ミス・ハートネルがきいた。

「バジル・ブレイクが連れてきたあの下品な女、知ってるでしょ？」

「オキシフルで髪を脱色してる派手な女？」ミス・ハートネルの時代感覚はいささかずれていた。オキシフルに替わってプラチナ・ブロンド用のヘアダイが登場したことを知らずにいるのだ。「なんにも身につけないで庭に寝ころがってる女？」

「そうよ、あなた。その女が——暖炉のラグの上に倒れてたの——首を絞められて！」

「でも、どういうことかしら——ゴシントン館だなんて」

ミス・ウェザビーはいかにも意味ありげにうなずいた。

「じゃ——バントリー大佐もやっぱり——？」

ミス・ウェザビーはふたたびうなずいた。

「まっ！」

村に新たに加わったこのスキャンダルを二人のご婦人が楽しむあいだ、沈黙が流れた。

「なんという性悪女！」ミス・ハートネルは義憤をこめて高らかにいった。

「まったくねえ、とんだあばずれだわ！」

「しかも、バントリー大佐とねえ——あんなに物静かで感じのいい紳士なのに——」

ミス・ウェザビーは熱っぽくいった。

「ああいう物静かな男がいちばん曲者なのよ。ジェーン・マープルがいつもそういってるわ」

2

プライス・リドレイ夫人はそのニュースを最後にきいた一人だった。

彼女は金持ちの尊大な未亡人で、牧師館のとなりの大きな家に住んでいた。彼女に情報を提供したのは、小柄なメイドのクララだった。

「女ですって、クララ？　バントリー大佐のとこの暖炉の前で、女の死体が見つかったっていうの？」

「はい、奥さま。しかも、村の噂だと、何も身につけてなかったんだそうですよ、奥さま。一糸もまとわぬ姿！」

「そのへんでおやめなさい、クララ。くわしい話をする必要はないわ」

「はい、奥さま。それで、噂によると、最初はみんな、ブレイクさんとこの若い女の人だと思ったんですって——ほら、週末ごとに、ブレイクさんにくっついてブッカー氏の新築一軒家にやってくるあの女の人。でも、そのあとで、まったく別の人だってことがわかったそうです。それから、魚屋の若い店員がいうには、バントリー大佐がそんな人だったとは信じられないって——日曜ごとに献金皿をまわしたりしてる人なのに」

「この世には邪悪がはびこっているのよ、クララ」プライス・リドレイ夫人はいった。

「これを自分への戒めとなさい」

「はい、奥さま。家のなかに紳士がいらっしゃるお宅で働くことは、うちの母がぜったい許してくれませんし」

「だったら安心だわ、クララ」プライス・リドレイ夫人はいった。

3

プライス・リドレイ夫人の家から牧師館まではすぐだった。

幸いなことに、夫人が書斎をのぞくと牧師の姿があった。

牧師は中年のおだやかな男で、村の噂を耳にするのはいつも最後と決まっていた。

「とても恐ろしいことがおきましたのよ」小走りでやってきたために少々息をはずませながら、プライス・リドレイ夫人はいった。「助言をいただかなきゃと思いまして。ご意見をうかがいたいんです、牧師さま」

クレメント牧師は軽い警戒の表情になった。

「何かあったんですか」

「何かあったかですって?」プライス・リドレイ夫人はその質問を芝居じみた声でくりかえした。「ぞっとするスキャンダルですの！ 誰一人想像したこともないような。どこかのあばずれ女が、真っ裸で首を絞められて死んでたんです。バントリー大佐のお宅の暖炉の前で」

牧師は目を丸くした。

「あ――あの、奥さん、大丈夫ですか……?」

「信じていただけないのも当然ね! わたしだって、最初は信じられませんでした。とんでもない偽善者だわ、大佐も。何年も前からだなんて!」

「いったい何があったのか、くわしく話してください」

プライス・リドレイ夫人は立て板に水の勢いでまくしたてた。話がすむと、クレメント牧師はおだやかにいった。

「しかし、バントリー大佐の関与を示すものは何もないんでしょう?」

「まあ、牧師さまったら、ほんとに浮世離れした方ね! でも、ちょっとお耳に入れておきたい話がありますのよ。先週の木曜日――いえ、先々週の木曜日だったかしら。ま、いいわ、どっちでも――わたし、昼間の汽車でロンドンへ出かけたんです。バントリー大佐が同じ車両にいらっしゃいました。なんだか、ずいぶんうわの空のご様子で。ロンドンに着くまでほとんど、《タイムズ》で顔を隠してらしたわ。まるで、そうね、話をしたくないみたいに」

牧師は無理もないといいたげに、そして、同情の色を浮かべてうなずいた。

「パディントン駅でお別れのあいさつをしました。タクシーをつかまえようと大佐がいってくださったんですが、わたしはバスでオクスフォード・ストリートへ行くつもりでしたので──でも、大佐はタクシーにお乗りになって、わたし、運転手に行き先を告げる大佐の声をはっきりとききました──どこだったとお思いになります？」

クレメント牧師は不審そうな顔になった。

「セント・ジョンズ・ウッド（ロンドンの高級住宅街）の住所だったのよ！」

プライス・リドレイ夫人は勝ち誇ったように言葉を切った。

牧師には何が何やらさっぱりわからなかった。

「それこそ、いい証拠じゃありませんか」プライス・リドレイ夫人はいった。

4

ゴシントン館では、バントリー夫人とミス・マープルが客間にすわっていた。

「ねえ」バントリー夫人がいった。「死体を運びだしてもらって、肩の荷がおりたような気がするわ。自分の家に死体があるなんて、なんだか気分が悪いもの」

ミス・マープルはうなずいた。

「そうね。その気持ちはよくわかるわ」

「ううん、あなたにはわからないわよ」バントリー夫人はいった。「自分も同じ目にあってみなきゃ。前にお宅のおとなりで死体が発見されたことがあったけど、それは同じじゃないでしょ。アーサーが書斎を敬遠するようにならなきゃいいんだけど。わたしたち、書斎でくつろぐことが多いのよ。あら、どうしたの、ジェーン？」

ミス・マープルは腕時計にちらっと目をやって、椅子から立とうとしていた。

「ええ、そろそろ帰ろうかと思って。わたしで力になれることはもうないでしょ？」

「まだ帰らないで」バントリー夫人はいった。「警察の人は、指紋採取の担当者や現場写真の担当者も含めてほとんど帰ってしまったけど、まだ何かおきそうな気がするの。あなただって見逃したくないでしょ」

電話が鳴りだし、夫人は受話器をとるためにそちらへ行った。にこやかな顔でもどってきた。

「まだ何かおきそうだっていったでしょ。いまの電話、メルチェット大佐からだったわ。殺された女の親戚って人を連れて、こっちにいらっしゃるそうよ」

「どうしてかしら」ミス・マープルはいった。

「そうね、たぶん、事件のおきた現場や何かを見るためでしょ」

「それだけじゃないと思うわ」ミス・マープルはいった。

「どういう意味なの、ジェーン」

「わたしが思うに――たぶん――その人とバントリー大佐を会わせたいんじゃないかしら」

バントリー夫人が鋭くいった。

「その人が主人を知ってるかどうかを確認するために？　まさか――いえ、そうね、アーサーが疑われても仕方ないわね」

「残念だけど」

「これじゃまるで、アーサーが事件に関係してるみたいじゃないの！」

ミス・マープルは黙っていた。バントリー夫人はとげとげしく食ってかかった。

「ヘンダースン老将軍だの、メイドを愛人にしてたどこかのスケベおやじなんかと一緒にしないでね。アーサーはそんな人じゃないんだから」

「ええ、ええ、もちろんですとも」

「そうよ、ぜったいちがうわ。まあ――ときには――テニスをしにくるかわいい女の子にぼうっとなることもあるけど。のぼせあがって、やたら親切にするの。でも、目くじらを立てるようなことじゃないわ。それぐらい仕方ないでしょ。だって」バントリー夫人はやや曖昧に話をしめくくった。「わたしはお庭の世話があるんだし」

ミス・マープルは微笑した。

「心配しなくても大丈夫よ、ドリー」といった。

「あら、そんな意味でいったんじゃないわ。でも、やっぱり、ちょっと心配ね。アーサーも同じよ。落ちこんでるの。警官が家のなかをうろつきまわるんですもの。だから、あの人、農園へ逃げだしてしまったわ。落ちこんだときは、ブタの世話や何かをしてると、心が休まるんですって。あ、おみえになったわよ」

州警察本部長の車が屋敷の前に停まった。

メルチェット大佐がしゃれた身なりの若い女を連れて入ってきた。

「こちら、ミス・ターナーです、バントリー夫人。親戚にあたる女性でして――その――被害者の」

「初めまして」バントリー夫人は進みでて、片手をさしだした。「さぞ驚かれたことでしょうね」

ジョゼフィン・ターナーは率直に答えた。「ええ、びっくりしました。なんだか本当のこととは思えなくて。悪い夢を見てるみたいです」

バントリー夫人はミス・マープルを紹介した。

メルチェットがさりげない口調でいった。「ご主人はおられますか」

「農園のほうへ行っています。じきにもどってくるでしょう」

「そうですか――」メルチェットはいささかがっかりしたようだった。「ごらんになります？　あのう――事件のあった場所を。そんな気にはなれません？」

一瞬ためらったのちに、ジョゼフィンはいった。

「見せていただきたいわ」

バントリー夫人は彼女を書斎へ案内し、そのあとにミス・マープルとメルチェットがつづいた。

「そこに倒れてたんです」おおげさなしぐさで指をさして、バントリー夫人はいった。

「暖炉のラグの上に」

「まあ！」ジョージーは身を震わせた。しかし同時に、当惑しているようでもあった。眉をひそめて、彼女はいった。「どういうことなのか理解できないわ！　まるっきり！」

「ええ、わたしたちも理解できないのよ」バントリー夫人はいった。

ジョージーがゆっくりといった。

「変だわ、こんなところに――」言葉がとぎれた。

尻切れトンボになったその言葉に同意して、ミス・マープルはやさしくうなずいた。

「その点がとても興味深いですね」とつぶやいた。

「さてさて、ミス・マープル」メルチェット大佐が愛想よくいった。「何か説明がつきますかな」

「ええ、ええ、つきますとも」ミス・マープルはいった。「とても筋の通った説明が。でも、もちろん、わたし一人の推測にすぎませんけど。つまり、トミー・ボンドと赴任してきたばかりの女校長マーティン夫人の話みたいなものね。あの先生が時計のねじを巻きにいったら、カエルが飛びだしたんですよ」

ジョゼフィン・ターナーは呆気にとられた表情だった。みんなと一緒に部屋を出るときに、バントリー夫人にささやいた。「あのおばあさん、ちょっと頭がおかしいんじゃありません？」

「とんでもない」バントリー夫人はムッとした口調でいった。

ジョージーはいった。「ごめんなさい。ご自分のことをカエルか何かだとお思いなんじゃないかと思って」

ちょうどそのとき、バントリー大佐が横手のドアから入ってきた。メルチェットは彼を呼び止めて二人を紹介しながら、ジョゼフィン・ターナーの様子に目を光らせた。しかし、彼女の顔には、関心も、彼を知っているという表情も、まったく浮かんでいなかった。メルチェットは安堵の息をついた。スラックめ、あんな陰険な非難をしおって！

バントリー夫人の質問に答える形で、ジョージーがルビー・キーン失踪のいきさつをくわしく説明した。

「さぞご心配だったでしょうね」バントリー夫人はいった。

「心配というよりも、腹が立ちました」ジョージーはいった。「だって、そのときはまだ、あの子がこんなことになってるなんて、夢にも思わなかったんですもの」

「でも」ミス・マープルがいった。「警察に連絡なさったでしょ。それって――失礼な言い方ですけど――ちょっと早すぎたんじゃありません？」

ジョージーはむきになって答えた。

「いいえ、連絡したのはあたしじゃありません。ジェファースンさんが――」

バントリー夫人がいった。「ジェファースン？」

「ええ、身体の不自由な方なの」

「まさか、コンウェイ・ジェファースンじゃないでしょうね。彼ならよく知ってるわ。古くからのお友達なの。ねえ、アーサー――コンウェイ・ジェファースンですって。マジェスティックに滞在してて、彼が警察に連絡したんですって！　すごい偶然！」

ジョゼフィン・ターナーがいった。

「ジェファースンさんは去年の夏もホテルに滞在してらしたわ」

「まあ！　ちっとも知らなかった。ずいぶん長いことお目にかかってないのよ」夫人はジョージーに向きなおった。「あの――どんなご様子かしら。最近は」

ジョージーは考えこんだ。

「そうねえ、お元気よ――とってもお元気。ああいう境遇にしてはって意味ですけど。いつも陽気にしてらっしゃるわ。冗談ばかりいって」

「ご家族も一緒なの？」

「ギャスケルさんのこと？　それから、ジェファースンの若奥さまとピーター？　ええ、ご一緒です」

ジョゼフィン・ターナーの打ちとけた魅力的な態度には、どことなく、何かを隠しているような雰囲気があった。ジェファースン家の話になると、その口調がどこか不自然だった。

バントリー夫人がいった。「あのお二人、とても好感が持てるわね。若い二人のことですけど」

ジョージーは曖昧な口調で答えた。

「え、ええ——そうですね。あたし——あの——ええ、そう思います、たしかに」

5

「ところで」走り去る本部長の車を窓からながめながら、バントリー大人はいった。「どういう意味かしらね。いまの〝ええ、そう思います、たしかに〟っていうの。ジェーン、裏に何かあるような気がしない？」

ミス・マープルはその言葉にすかさず飛びついた。

「ええ、ええ——そんな気がしてならないわ。ぜったいまちがいないわ！　ジェファースン家の名前が出たとたん、あの女の態度が急変したもの。それまではごく自然な口調でしゃべってたのに」

「でも、そこにどういう意味があるのかしら、ジェーン」

「ねえ、あなたはその一家と知りあいなんでしょ。わたしに感じられるのは、あの若い女を不安にさせるような何かがその一家にあるんじゃないかってことだけなの。そうそう、もうひとつ。親戚の子が行方不明になってさぞご心配だったでしょうと、あなたがいったら、彼女、腹が立ったっていったわね。顔にもそれが出ていたわ——すごく腹立たしそうだった！　わたし、そこに興味を覚えたのよ。ルビーって子の死に対しても、彼女がまず感じたのは怒りだったんじゃないかしら——まあ、わたしの思いちがいかもしれませんけどね。ルビーのことをよく思ってなかったんだわ、きっと。悲しそうな様子がまったくないもの。あのルビー・キーンって子のことを考えただけで、腹が立ってくるみたい。そこでわたしの興味を惹くのは——なぜなのかってこと」

「わたしたち二人でつきとめましょうよ！」バントリー夫人はいった。「デーンマスへ出かけて、マジェスティックに滞在するの——ええ、ジェーン、あなたも一緒よ。こんな目にあったんだから、すこし気分転換をしなくては。マジェスティックでの数日——それこそ、わたしたちに必要なものよ。そして、コンウェイ・ジェファースンに会ってちょうだい。すてきな紳士よ——あんなすてきな人はいないわ。ただ、想像もつかないぐらい悲しい過去があるの。坊っちゃんとお嬢さんがいらして、二人を溺愛してらしたのよ。二人はそれぞれ結婚したあとも、実家をちょくちょく訪ねてきてたわ。コンウェイの奥さまもほんとにやさしい方で、仲むつまじいご夫婦だったわ。ある年、一家そろってフランスから飛行機で帰る途中、事故がおきたの。パイロット、奥さま、ロザモンド、フランクの四人は死亡。コンウェイは両脚に大怪我を負って、切断することになってしまった！　でも、あの人、りっぱだったわ――あの勇気、あの雄々しさ！　とても活動的な人だったのが、いまでは歩くこともできない障害者になってしまったのに、愚痴なんて一言もこぼさないの。亡くなった息子さんのお嫁さんが同居してるわ――そのお嫁さん、最初のご主人を亡くしたあとにフランク・ジェファースンと再婚した人でね、最初の結婚でできた息子が一人いるのよ――ピーター・カーモディって子。この子と一緒に、コンウェイの家で暮らしているの。それから、ロザモンドのご主人だったマーク・ギャスケル、この人もコンウェイの家にいることが多いわね。とにかく、あれはほんとに恐ろしい悲劇だったわ」

「そして、いま」ミス・マープルはいった。「新たな悲劇がおきて――」

バントリー夫人はいった。「ええ、そうね――ええ――でも、ジェファースン家とは関係ないことだわ」

「そうかしら」ミス・マープルはいった。「警察に通報したのはジェファースン氏だったのよ」

「そりゃそうだけど……ねえ、ジェーン、考えてみれば変だわね……」

第五章

1

メルチェット大佐は困惑しきった表情のホテル支配人と向かいあっていた。大佐の横には、グレンシャー州警察のハーパー警視と、おきまりのスラック警部がいた。メルチェット大佐が事件の捜査に無理やり割りこんできたため、スラック警部はむくれていた。ハーパー警視はいまにも涙ぐみそうな支配人のプレスコット氏を慰めてやりたくなった。メルチェット大佐が情け容赦なく事情聴取を進めていたからだ。

「すぎたことを悔やんでも仕方ありません」大佐はぴしっといった。「女は死んでしまった——首を絞められて。絞殺現場があなたのホテルでなくて幸いでしたな。おかげで、捜査はべつの州で進められ、あなたのホテルはほとんど迷惑をこうむらずにすむ。だが、ホテルに関してもある程度の捜査は必要なわけで、早く始めたほうが、それだけ成果もあがるというものです。警察は口が固く、捜査に慎重であることを、どうか信じていただきたい。そこで、ずばり要点に入りましょう。被害者の女について、具体的にどのようなことをご存じですか」

「わたしは何も知りません——何ひとつ。ジョージーが呼び寄せたんです」

「ジョージーは前からおたくのホテルに？」

「二年になります——いや、三年か」

「ジョージーのことは気に入っておられますか」

「ええ、いい子です——気立てがいい。有能で、お客さまの評判もよく、もめごとも巧みに収めてくれます——ブリッジというのはご存じのように、人をぴりぴりさせるゲームですからね」メルチェット大佐はさも同感といいたげにうなずいた。彼の妻もブリッジに熱をあげているが、恐ろしく下手くそなのだ。プレスコット支配人は話をつづけた。

「ジョージーは不愉快な状況を静めるのがとても上手でした。人あしらいが巧みで——明るくて、しっかり者で——わたしのいう意味、おわかりいただけますね」

メルチェットはふたたびうなずいた。ミス・ジョゼフィン・ターナーを見て何を連想したかに、いまようやく気がついた。化粧としゃれた装いにもかかわらず、保母兼家庭教師のような雰囲気がはっきりと出ているのだ。

「わたしはジョージーを頼りにしてるんです」プレスコット支配人はつづけた。愚痴っぽくなった。「すべりやすい岩場で遊ぶなんて、どうしてそういうバカなことをしたがるんでしょう。ここにはすてきな浜辺があるんですよ。そこで泳げばいいじゃありませんか。すべって、ころんで、足首を捻挫するだなんて。こっちはえらい迷惑です！　ジョージーに給料を払ってるのは、踊って、ブリッジをやって、お客さまが楽しく愉快にすごせるよう神経を配るためであって、岩場で泳いで足首を捻挫するためじゃないんです。ダンサーは足首に気をつけるべきです。危険なまねはしちゃいけないんです。わたしはほとほと弱りはてました。ホテルにとって迷惑な話ですからね」

　メルチェットは滔々とつづくその説明をさえぎった。

「で、ジョージーが今回の被害者を――親戚のその女を――呼ぼうと提案したんですね」

　プレスコットはしぶしぶうなずいた。

「そうです。なかなかの名案だと思いました。ただし、よぶんなギャラを払うつもりはありませんでした。その子の部屋と食事はこちらで提供する。だがギャラについては、その子とジョージーのあいだで分配してもらう。そういう条件にしたんです。どういう女なのか、わたしはまったく知りませんでした」

「しかし、使ってみたら、合格だったんですね」

「ええ、そうです。不都合なところは何もありませんでした——とにかく、外見に関しては何も。ただ、とても若くて、うちみたいな高級ホテルで雇うにはちょっと安っぽい感じの子でしたが、態度はよかったですよ。おとなしくて、行儀がよくて。ダンスもうまかった。お客さまに好評でした」

「かわいらしい子でしたか」

あの青く膨れあがった死顔からすると、それは答えにくい質問だった。

プレスコット支配人は考えこんだ。

「まあまあってとこですかね。ちょっとキツネ顔という感じでしょうか。化粧を落としたら、たいしたことはなかったと思いますよ。でも、いつも丹念に化粧をして、なかなか魅力的に見せていました」

「彼女に熱をあげてた青年も多かったでしょうな」

「おっしゃりたい意味はよくわかりますが」支配人の口調が熱を帯びてきた。「わたしは何も見たことがないですね。特別なことは何も。若い男が一人か二人つきまとってましたが、べつだん珍しいことではありません。絞殺事件とは無関係だと思います。年配のお客さまとも仲良くやっていました——しゃべり方がちょっと舌ったらずで——とても子供っぽく見えたんでしょうね。年配のお客さまから見れば、そりゃかわいいですよ」

ハーパー警視が低い物憂げな声でいった。

「たとえば、ジェファースン氏とか?」

支配人はうなずいた。

「はい、わたしもジェファースン氏のことを念頭に置いて申しあげたのです。ルビーはあのご一家とよく一緒にすごしていました。ときには、ドライブにお供したりして。ジェファースン氏は若い人たちがお気に入りで、とても親切にしておられます。誤解のないように申しあげておきますが、ジェファースン氏は脚が悪くて、自由に歩きまわることができません――車椅子の使える場所へしか行けないのです。しかし、若い人たちが楽しんでいる姿を見るのがお好きで――テニスや海水浴などの光景をごらんになったり、若い人のためにここでパーティをひらいたりなさいます。若さというものがお好きなんですね。それに、不自由な身体にもかかわらず、ご自分の境遇を嘆くようなことはいっさいありません。みんなから慕われていて、一言でいえば、すばらしい人格者です」

メルチェットは質問した。

「その彼がルビー・キーンに関心を持っていたわけですね」

「あの子のおしゃべりが楽しかったんでしょう」

「ジェファースン氏の家族も彼女のことが気に入っていましたか」

「みなさん、あの子にはいつも、とても親切でした」

ハーパーがいった。

「彼女の失踪を警察に届けたのはジェファースン氏でしたね」

ハーパーはこの言葉に重みと非難をこめようともくろみ、支配人はすぐさまそれに反応した。

「わたしの身にもなってくださいよ、警視さん。何かあったんじゃないかなんて、夢にも思わなかったんですから。ジェファースン氏がひどく興奮した様子でわたしのオフィスに押しかけてこられたんです。ルビーの部屋には寝た形跡がない。ゆうべのダンスにも出演しなかった。ドライブに出かけて事故にあったのかもしれない。すぐ警察に知らせなくては！　調べてもらわなくては！　ひどく興奮なさって、高飛車にそうおっしゃったんです。その場ですぐ、警察に電話なさいました」

「ミス・ターナーに相談もせずに？」

「ジョージーはいやがってました。その気持ちは、わたしにもわかります。ゆうべの騒ぎで困りはてていたのです。ルビーの姿が消えてしまったものだから。でも、ジョージーに何がいえます?」

「ここらで」メルチェットはいった。「ジェファースン氏に会ったほうがよさそうだ。どう思う、ハーパー警視?」

ハーパー警視も同意した。

2

プレスコット支配人はコンウェイ・ジェファースンのスイートルームへ彼らを案内した。部屋は二階にあり、海の見晴らしがよかった。メルチェットが無頓着な口調で尋ねた。

「氏は裕福なんでしょうな。財産家でしょう?」

「とても裕福だと思います。こちらにいらしても、お金を惜しまれることはけっしてありません。最高の部屋を予約なさり、お料理はいつもアラカルト、高価なワイン――すべて最高のものばかりです」

メルチェットはうなずいた。

プレスコット支配人が外側のドアをノックすると、女の声が「どうぞ」といった。支配人が部屋に入り、あとの三人も彼につづいた。

窓辺の椅子にすわったまま、入ってきた彼らのほうをふりむいた女性に、プレスコット支配人はまるで詫びるように声をかけた。

「お邪魔して申しわけございませんが、ミセス・ジェファースン、こちらの紳士方が――警察からおみえになりまして。ぜひとも、ジェファースンさまのお話がききたいといっておられます。ええと――こちらがメルチェット大佐――ハーパー警視、それから――ええと――スラック警部です、ミセス・ジェファースン」

ジェファースン夫人は軽く頭を下げて、この紹介に応えた。

地味な女だというのが、メルチェット大佐の受けた第一印象だった。だが、彼女が唇にかすかな笑みを浮かべて話しはじめたとたん、大佐はその意見を撤回した。とても魅力のある心地よい声をしていて、澄んだハシバミ色の目も美しかった。おとなしい服装だが、よく似合っていて、年のころは三十五歳ぐらいと思われる。

彼女はいった。

「義父はいま休んでおります。もともと丈夫じゃないところにもってきて、今度のことでひどくまいっておりますので。お医者さまをお呼びしたら、鎮静剤を処方してくださいました。でも、目がさめたらすぐにでも、みなさまにお会いすると思います。それまでのあいだ、わたくしでお役に立てませんかしら。とにかく、おすわりになりません？」

逃げだしたくてうずうずしていたプレスコット支配人が、メルチェット大佐にいった。「あの──それじゃ──ほかにご用がなければ──」そして、立ち去る許可をありがたく受けとった。

支配人がうしろ手にドアをしめると同時に、室内の雰囲気がやわらぎ、なごやかな感じになった。アデレード・ジェファースンには安らぎに満ちた雰囲気を作りだす才能がそなわっているようだ。気のきいたことをいえるタイプではなさそうだが、ほかの人々の口をほぐし、くつろぎを与えることのできる女性だ。いまも、この場にふさわしい言葉で話の糸口を作りだした。

「今回の事件に、わたしども全員が衝撃を受けております。あのお嬢さんとはたびたび顔を合わせていました。ほんとに信じられません。義父もひどく狼狽しています。ルビーが大のお気に入りだったものですから」

メルチェット大佐はいった。

「彼女の失踪を警察に通報したのは、ジェファースンさんだったときいていますが」

大佐は夫人がこれにどう反応するかを見きわめたかった。かすかな——ほんのかすかな——困惑はなかっただろうか。不安はなかっただろうか。断言はできかねるが、そこにはたしかに何かがあった。そして、何か気の進まない仕事をするときのごとく、アデレードが返事をする前にお腹にぐっと力をこめたように、彼には思われた。

夫人はいった。

「ええ、そうです。病身なものですから、すぐにおろおろしたり、心配したりするんです。何も心配することはない、何かちゃんとした理由があるにちがいない、警察沙汰になったりしたら当人も困るだろうといって、みんなで説得したのですが。義父も頑固ですの。でも——」夫人はかすかな身ぶりを添えていった。「結局は義父が正しくて、わたしたちがまちがっておりました」

メルチェットは尋ねた。「ルビー・キーンとはどの程度のおつきあいだったのですか」

彼女は考えこんだ。

「むずかしいご質問ですわね。義父は若い人たちがとても好きで、自分の周囲に置いておきたがるんです。ルビーは義父にとって目新しいタイプでしたので、義父はそのおしゃべりをおもしろがっておりました。あのお嬢さんはホテルでわたしどもと長い時間をすごしていましたし、義父がよくドライブに連れていっていました」

夫人の声は静かで、あたりさわりのないことしか述べなかった。メルチェットはひそかに思った。その気になれば、もっともっとしゃべるはずだ。

大佐はいった。「ゆうべ何があったのか、順を追ってくわしく説明していただけませんか」

「承知しました。でも、お役に立つようなことはほとんどないでしょうね。夕食のあと、ルビーがラウンジにやってきて、わたしたちの席に加わりました。ダンスが始まってから も、そのまま残っていたのです。わたしたちはあとでブリッジをする予定になっていて、マークを待っていました。マーク・ギャスケル、ジェファースン家の娘婿で、わたしの義理の弟にあたる人ですけど、大事な手紙を書かなきゃいけないからって、席をはずしておりましたの。それから、わたしたち、ジョージーのことも待っていました。ブリッジに加わってくれる約束だったので」

「よくあることだったんですか」

「ええ、しょっちゅう。ブリッジの腕は一流ですし、とても性格のいい人ですから。義父はブリッジが大好きで、知らない人を入れる代わりに、できるだけジョージーを仲間にしたがっていました。もちろん、ブリッジのメンバーをそろえるのが彼女の仕事なので、毎回わたしたちの仲間に入るわけにはいきませんが、都合のつくかぎりつきあってくれました。それに——」彼女の目にちらっと笑みが浮かんだ。「義父はこのホテルでお金をどっさり使っていますから、ジョージーがうちの一家のご機嫌とりをすることを、ホテル側も大歓迎していました」

メルチェットは尋ねた。

「あなたもジョージーを気に入っておられますか」

「ええ、もちろん。いつも愛想がよくて、明るくて、働き者で、自分の仕事を楽しんでるようですもの。教育はあまりありませんけど、頭がよくて、しかも——そうね——知ったかぶりはぜったいにしない人です。気どらない、すなおな人柄ね」

「で、それからどうなりましたか」

「いまも申しあげたように、ジョージーにはブリッジのメンバーをそろえる仕事がありましたし、マークは手紙を書いていましたので、ルビーがわたしたちの席にすわって、いつもより長めにおしゃべりしていたのです。やがて、ジョージーがやってきたので、ルビーはレイモンドと一回目のエキシビション・ダンスをやるために席をはずしました。レイモンドというのはダンサーで、テニスのコーチもやっています。エキシビションがすんでから、ルビーがもどってきて、ちょうどそこにマークも加わりました。そのあと、ルビーはどこかの若い方と踊りにいき、わたしたち四人はブリッジを始めました」

アデレードは言葉を切り、頼りなげな小さなしぐさを見せた。

「わたしが知っているのはそれだけです。ルビーが踊っている姿を一度ちらっと目にしましたが、ブリッジは集中力の必要なゲームですから、ガラスの仕切り越しに舞踏室のほうを見ることはほとんどなかったんです。やがて、真夜中ごろ、レイモンドがあわてふためいてジョージーのところに飛んできて、ルビーはどこだとききました。当然、ジョージーは彼を黙らせようとしましたが——」

ハーパー警視が口をはさんだ。静かな声でいった。「どうして〝当然〟なのですか、ミセス・ジェファースン」

「あの……」アデレードはそこで口ごもった。ちょっとうろたえているようだと、メルチェットは思った。「ルビーがいなくなったといって騒ぎ立てられたら、ジョージーが困りますもの。ルビーのことは自分の責任だと思っているのですから。〝自分の部屋にいるんじゃないかしら。さっき、頭痛がするっていってたから〟と、ジョージーはいいました。でも、わたしには嘘としか思えませんでした。その場をごまかすために、そういっただけでしょうね。レイモンドがルビーの部屋に電話をしにいきましたが、応答がなかったらしく、ぷりぷりしながらもどってきました。そこでジョージーは彼と一緒に席をはずし、彼を必死になだめようとして、結局、彼女がルビーの代わりに踊ることになりました。健気な人。だって、そのあと、足首がずきずきしてたようですもの。ダンスがすむと、わたしたちのところにもどってきて、義父をなだめようとしてくれました。義父はルビーの身を案じていらいらしてたんです。ルビーはたぶん誰かとドライブに出かけて、途中でタイヤがパンクしたんだろうと、みんなで義父にいってさかせて、ようやくベッドに入らせることができました。義父は心配しながらベッドに入り、けさおきるなり、また騒ぎはじめたんです」アデレードはそこで一息入れた。「あとはご存じのとおりです」

「ありがとうございました、ミセス・ジェファースン。ここでひとつお尋ねしたいのですが、誰がこんなことをしたのか、お心当たりはありませんか」

アデレードはすぐに答えた。「いえ、まったく。お役に立てなくて申しわけありません」

それでも、メルチェット大佐は食い下がった。「彼女から何かおききになっていませんか。嫉妬されているとか。どこかの男に脅されているとか。親密な男がいるとか」

アデレード・ジェファースンは尋ねられるたびに首を横にふった。

彼女に話せることは、それ以上はなさそうだった。

警視はいまからジョージ・バートレット青年の事情聴取をしにいき、そのあとでジェファースン氏に会いにもどってこようと提案した。メルチェット大佐は同意して、三人で部屋を出た。ジェファースン夫人は舅が目をさましたらすぐに知らせると約束した。

「すばらしい女性だ」ドアをしめながら、大佐がいった。

「たしかに、とてもすてきな淑女です」ハーパー警視は答えた。

3

ジョージ・バートレットはひょろっと痩せた若者で、喉仏が飛びだしていて、思っていることを言葉にするのに四苦八苦していた。ひどくびくついているため、彼から冷静な供述をひきだすのはむずかしかった。

「いやあ、恐ろしいことです。そうでしょ？　日曜新聞に出てるような事件だけど——現実にそんなことがおきるなんて信じられない。そう思いません？」

「残念ながら、事件がおきたことに疑いはないんだ、バートレットくん」警視はいった。

「ええ、そりゃまあ、そうでしょうとも。でも、なんだか変てこな事件ですね。ここから何キロも離れたとこだなんて——どこかの大地主の屋敷なんでしょ？　すごい田舎だそうですね。近所じゃ大変な騒ぎだっただろうな——まったくねえ」

メルチェット大佐が交代した。

「殺された女とはどの程度の知りあいだったんだね、バートレットくん」

ジョージ・バートレットはギクッとしたようだ。

「いや、そ、そ、それほどでも。つきあいなんてほとんどないですよ——ほんとですってば。一回か二回、一緒に踊って、昼間にちょっとつきあって——テニスをやって——そんな程度です」

「ゆうべ、彼女の生きてる姿を最後に目撃したのが、きみだと思うんだが」

「ええ、たぶん——なんか恐ろしい気がしません？　だって、ぼくが会ったときは元気だったのに——ぴんぴんしてたのに」

「それは何時ごろだった？」

「うーん、弱ったな、ぼく、時間なんて気にしない人間だから——そんなに遅くはなかったですよ」

「彼女と踊ったんだったね？」

「はあ——たしかに——あのう、踊りました。ただし、夜の早い時間でした。正確にいうと、彼女がプロのダンサーとエキシビション・ダンスをやったすぐあとです。十時か、十時半か、十一時か、よく覚えてないけど」

「時間のことはまあいいだろう。こっちで調べられるから。何があったのか、くわしく話してくれないかな」

「ええと、二人で踊りました。といっても、ぼくはそんなにうまくないけど」

「きみのダンスがうまいかどうかはどうでもいいんだ、バートレットくん」

ジョージ・バートレットは動揺の視線を大佐に向け、しどろもどろにいった。

「ええ、そ、そりゃそうですよね。とにかく、いまもいったように、二人でぐるぐるまわりながら踊って、ぼくから話しかけて、でも、ルビーはろくに返事もせずに、そっとあくびをしてました。ルビーは頭痛がするなんていいだしました——ぼくだって引きぎわは心得てますから、そりゃ大変だといって、そこで切りあげました」

「ルビーを最後に見たのは？」

「階段をのぼっていく姿でした」

「誰かに会うようなことはいってなかったかね。ドライブに出かけるとか。あるいは——あるいは——デートがあるとか」大佐はすこしばかり無理して、くだけた表現を使った。

バートレットは首をふった。

「いえ、何も」ちょっと悲しそうな顔になった。「そっけなく離れていきました」

「どんな様子だった？　心配そうだとか、うわの空だとか、何か気にかかることがあったようだとか」

ジョージ・バートレットは考えこんだ。それから、首をふった。

「ちょっと退屈そうだったな。さっきもいったように、あくびをしてました。それだけです」

メルチェット大佐はいった。

「では、きみはどうしたんだね、バートレットくん」

「え？」

「ルビー・キーンと別れてからどうしたんだね」

ジョージ・バートレットは呆然と大佐をみつめた。

「ええっと――どうしたんだっけ」

「きみに答えてもらおうと思って、待ってるんだがね」

「は、はい――わかってます。なかなか思いだせなくて。何してたんだっけ。ええと―

——バーに入って一杯やったような気がするな」

「本当にバーに入って一杯やったのかね」

「そうそう。たしかに一杯やりました。ダンスのすぐあとじゃなかったけど。たしか、ぶらっと外に出たんです。新鮮な空気を吸いに。九月にしてはちょっと蒸し暑かったから。外はとても爽やかでした。そう、そうですよ。外をぶらついてから、ホテルに入って、一杯やって、また舞踏室にもどったんだ。べつにすることもなかったから。あの女の人、なんて名前だっけ——ジョージーだ——彼女が踊ってました。テニスのコーチをやってる男と。彼女、足首の捻挫か何かで、しばらく休んでたんだけどな」

「すると、きみが舞踏室にもどったのは十二時ごろだったことになる。一時間以上も外をぶらついていたと解釈していいのかね」

「いや、バーで飲んだりしてましたから。ぼく——そのう、いろいろ考えてたんです」

この供述にはほかのどれよりも信憑性があった。

「何を考えてたんだね」

「さあ、覚えてないけど。いろんなことです」バートレットは曖昧に答えた。

「きみは車を持ってるかね、バートレットくん」

「ええ、持ってますよ」

「どこに置いてあった？　ホテルの駐車場？」

「いえ、中庭に置いといたんです。ドライブでもしようかと思って」

「ひょっとして、じっさいにドライブに出かけたのでは？」

「いえ――いえ、行ってません。誓ってもいいです」

「まさか、ミス・キーンをドライブに連れてったわけじゃないだろうね」

「冗談じゃない。何がいいたいんですか。そんなことしてません――誓ってもいいです。ほんとですってば」

「ありがとう、バートレットくん。いまのところ、質問はこれだけだ。いまのところはだよ」メルチェット大佐はその言葉を強調してくりかえした。

大佐たちはその場を去り、あとには、知性の乏しい顔に滑稽な驚愕の表情を浮かべて彼らを見送っているバートレットが残された。

「頭の悪い若造だ」メルチェット大佐はいった。「そう思わんかね」

ハーパー警視は首をふった。

「解決にはまだまだかかりそうですね」といった。

第六章

1

夜勤のボーイも、バーテンダーも、役に立たなかった。夜勤のボーイは、真夜中すこしすぎにミス・キーンの部屋へ電話を入れたことと、応答がなかったことを覚えていた。バートレット青年がホテルを出ていくところや、もどってきたところは、見ていなかった。気持ちのいい夜だったので、おおぜいの紳士淑女が散策のためにホテルを出たり入ったりしていたのだ。それに、メインロビーの正面ドアのほかに、廊下の奥にもドアがいくつかある。ミス・キーンが正面ドアから出ていかなかったことは十中八九まちがいないと、ボーイはいったが、彼女が二階にある自分の部屋から下におりるとすれば、部屋のすぐ横に階段があり、そこをおりると廊下の突きあたりにドアがあって、サイドテラスに出られるようになっている。誰にも見られずに外へ出ていくことはきわめて簡単だ。午前二時にダンスが終わるまで、ドアに鍵がかけられることもない。

バーテンダーは前の晩にバートレット青年がバーで飲んでいたことを覚えていたが、それが何時ごろのことかは覚えていなかった。たしか、夜中にはなっていなかったという。バートレットは壁ぎわにすわり、憂鬱そうな様子だった。どれぐらいの時間バーにいたのかはわからない。外からの客がバーにたくさん出入りしていた。バートレットの姿は目にしたが、正確な時刻はわからないと、バーテンダーはいった。

2

バーを出たところで、九歳ぐらいの少年に呼び止められた。少年はすぐさま、興奮した様子でしゃべりはじめた。

「ねえ、おじさんたち、刑事なの？　ぼく、ピーター・カーモディ。ルビーのことで警察に電話したの、ぼくのおじいちゃんのジェファースンなんだよ。ねえねえ、警視庁からきたの？　おじさんたちとおしゃべりしてもいい？」

メルチェット大佐はそっけない返事をしようと身構えたが、ハーパー警視がそれをさえぎった。にこやかな顔でやさしく話しかけた。

「いいとも、坊や。事件のことが気になって仕方ないんだろ」

「そりゃそうだよ。おじさん、探偵小説って好き？　ぼく、大好き。たくさん読んでるよ。それに、ドロシイ・セイヤーズと、アガサ・クリスティーと、ディクスン・カーと、H・C・ベイリーのサインも持ってんだ。殺人事件のこと、新聞に出るの？」

「もちろん出るだろうな」ハーパー警視は渋い顔で答えた。

「あのね、ぼく、来週学校にもどるんだ。ぼくがあのお姉ちゃんを知ってたってこと、友達に教えてやんなきゃ。すごくよく知ってたんだよ」

「彼女のこと、どう思ってた？」

ピーターは考えこんだ。

「えっとね、あんまり好きじゃなかった。ちょっとバカっぽい感じだったもん。ママとマーク叔父さんも好きじゃなかったみたいだよ。あのお姉ちゃんのこと気に入ってたのは、おじいちゃん一人だけ。あ、そうだ、おじいちゃんが刑事さんに会いたいって。エドワーズがおじさんたちを捜してるよ」

ハーパー警視は話のつづきを促した。

「すると、お母さんも、マーク叔父さんも、ルビー・キーンのことがあまり好きじゃなかったんだね。どうしてかな」

「さあ、知らない。ずうずうしい人だった。おじいちゃんの大のお気に入りだったから、ママも叔父さんもムッとしてたみたいだよ」ピーターは楽しげにいった。「あのお姉ちゃんが死んで、二人とも喜んでんじゃないかな」

ハーパー警視は何やら考えこみながら、少年を見た。「きみ――耳にしたのかい――二人がそういってるのを」

「ううん、はっきりとはいわなかったけど。マーク叔父さんが〝やれやれ、これで助かった〟っていったら、ママが〝そうね、でも、悲惨な事件だわ〟って答えて、そしたらマーク叔父さんが〝偽善者ぶっても始まらないよ〟っていったんだ」

男たちは視線をかわした。ちょうどそのとき、ブルーのサージの服をきちんと身につけ、髭をきれいに剃った、威厳たっぷりの男が近づいてきた。

「失礼いたします。わたくしはジェファースン氏の従僕でございます。旦那さまがお目ざめになり、刑事さんたちを見つけてくるようにと命じられました。とても会いたがっておられます」

彼らはふたたび、コンウェイ・ジェファースンのスイートルームまで出かけた。居間に入ると、神経質に室内を歩きまわっている背の高い落ち着きのない男と、アデレード

・ジェファースンが話をしていた。男がさっとふりむいて新来者をみつめた。
「あ、どうも。きていただけてよかった。警察の人はどこだと、義父がうるさかったんです。さきほど目をさましまして。なるべく義父を興奮させないよう、気をつけてもらえますか。健康がすぐれないので。今回のショックで倒れてしまわなかったのがふしぎなぐらいです」

ハーパーはいった。

「そんなに体調がすぐれないとは知りませんでした」

「当人は何も気づいていませんが」マーク・ギャスケルはいった。「心臓が悪いんです。アディも、義父を極度に興奮させたり、驚かせたりしてはいけないと、医者から注意されています。いつぽっくり逝くかわからないというようなことも、医者はいっています。そうだね、アディ」

アデレードはうなずいた。

「これまで持ちこたえてきたのが不思議なぐらいですもの」

メルチェットはそっけなくいった。

「殺人事件は心安らぐ出来事とはいえません。まあ、できるだけ気をつけることにしましょう」

彼はそういいながら、マーク・ギャスケルという人物を観察していた。好きになれそうもないタイプだった。図太くて、いかにもワルといった感じの、猛禽のような顔。自分のやり方を強引に押し通そうというタイプで、女にはけっこうもてそうだ。

だが、こういうタイプの男は信用できない——大佐はひそかに思った。

ワル——この言葉がぴったりの男だ。

どんなことでも平気でやってのけそうな男……。

3

海を見渡せる広い寝室に入ると、車椅子に乗ったコンウェイ・ジェファースンが窓辺にすわっていた。

彼のいる部屋に入った者は、その瞬間、彼の持つパワーと磁力を感じることだろう。まるで、重傷を負って脚が不自由になったがゆえに、傷ついた肉体の生命力がよけいに凝縮され、限られた一点に集中して宿っているかのようだ。

形のいい頭をしていて、赤毛の髪にはかすかに白いものがまじっていた。顔はいかつくて、力強く、こんがり日焼けしている。目はあざやかなブルー。病身とか、虚弱といった雰囲気はどこにもない。顔に刻まれた深い皺は苦悩の皺で、衰弱によるものではなかった。ここにいるのは、運命を呪うようなことはせずに、雄々しくそれを受け入れ、勝利めざして進んでいく男だった。

ジェファースンはいった。「おいでいただけて光栄です」鋭い目が二人をとらえた。メルチェットに話しかけた。「あなたがラドフォードシャー州警察の本部長さんですね。なるほど。それから、こちらの方がハーパー警視さん？　おかけください。煙草をおやりになるなら、横のテーブルに置いてあります」

二人は礼をいって腰をおろした。メルチェットがいった。

「ジェファースンさん、きくところによりますと、例の殺された女に関心をお持ちだそうですね」

皺の刻まれた顔に、ゆがんだ笑みがちらっと浮かんだ。

「はい――すでにおききおよびでしたか！　まあ、秘密でもなんでもありません。家の者たちはあなたにどこまでお話ししたのでしょう」

そう尋ねながら、ジェファースンは一人からもう一人へと、すばやく視線を移した。

返事をしたのはメルチェットだった。

「若奥さんからうかがったのはほんのわずかで、あなたがあの女のおしゃべりを楽しみ、身内同然にかわいがっていらしたという、その程度のものでした。ギャスケル氏とは、ほんのすこし言葉をかわしただけです」

コンウェイ・ジェファースンは微笑した。

「アディは控えめなタイプですからな。マークのほうはもうすこし口が軽いはずなんだが。メルチェットさん、ここで、いくつかの事実をきちんとお話ししておいたほうがいいでしょう。わたしの行動を理解してもらうためには、それが重要ですからな。さてと、まずは、わが人生最大の悲劇に立ちもどらねばなりません。八年前、わたしは飛行機事故で、妻と息子と娘を亡くしました。それ以来、自分の半身を失った男のようになってしまったのです。身体的なことをいっているのではありませんぞ！　わたしは家庭を大切にしていました。嫁も、婿も、これまで本当にやさしくしてくれました。肉親の代わりになろうとして、精一杯尽くしてくれたのです。しかし、わたしも気がつきました——最近になってとくに——あの二人にも自分の人生があるのだと。

ですから、わたしが基本的に孤独な人間であることを、ご理解いただかねばなりません。わたしは若い者が好きです。一緒にいると楽しいですからね。養子か養女をもらおうかと思ったことも、一、二度ありました。殺された女の子とは、一カ月ばかり前からとても親しくなったのです。すこしも気どったところのない、天真爛漫な子でした。自分の生い立ちや体験をあれこれ話してくれました——旅まわりの劇団でパントマイムをやっていたことや、安い貸間で両親とすごした子供時代のことなどを。わたしの知っている人生とは天と地ほどもちがっていました。だが、愚痴もいわなければ、ひがんでもいないのです。すなおで、辛抱強くて、働き者。わがままをいわない、かわいらしい子でした。淑女とはいえないでしょうが、ありがたいことに、卑しいところはなく、〝上品ぶった〟という不快な言葉とも無縁の子だったのです。

わたしはルビーがかわいくてたまらなくなりました。そこで、正式に養女にしようと決心したのです。娘として、わたしの籍に入れるつもりでした。わたしがなぜルビーのことを気にかけているのか、あの子が不可解な失踪を遂げたときになぜ警察に通報したかが、これでおわかりいただけたと思います」

しばし沈黙が流れた。やがて、ハーパー警視が尋ねた。まったく感情のこもらない声だったので、相手の気分を害することはなかった。「おたくのお婿さんとお嫁さんがそれに対してどうおっしゃったのか、お尋ねしてもいいでしょうか」

ジェファースンの返事は早かった。

「あの二人に何がいえます？　内心ではたぶん、おもしろくなかったでしょう。反発するのが当然です。しかし、二人の態度は立派でした——そう、じつに立派でした。まあ、二人とも、わたしに頼って暮らしているわけではありませんから。息子のフランクが結婚したとき、わたしは財産の半分をその場で息子に譲ってやりました。それがわたしの主義なのです。親が死ぬまで待たせておくのはかわいそうです。若いときこそ金が必要ですからね。中年になってからではなくて。それと同じく、娘のロザモンドが貧しい男と結婚したいといいはったときも、娘のためにかなりの財産を分けてやりました。その金は娘の死後、婿の手に渡りました。ですから、わたしの遺産の問題はとても簡単になったわけです」

「なるほど」ハーパー警視はいった。

しかし、警視の口調には歯切れの悪さがあった。コンウェイ・ジェファースンはそれをききとがめた。

「納得しておられないようですね」

「わたしが申しあげる筋合いのことではありませんが、これまでの経験からいいますと、家族というのは理性にもとづいて動くとはかぎりません」

「たしかにおっしゃるとおりです、警視さん。だが、婿のマークも、嫁のアディも、厳密にいえば身内ではないことを忘れないでいただきたい。血のつながりはないのです」

「もちろん、それは大きなちがいでしょうね」警視も認めた。

その瞬間、コンウェイ・ジェファースンの目が光った。「とはいえ、あの二人がわたしのことをバカな老いぼれだと思っていないわけではありません。それがごくふつうの人間の反応でしょう。しかし、わたしはバカではないつもりです。人を見る目を持っています。教育を受け、洗練されたマナーを身につければ、ルビー・キーンはどこへ出しても恥ずかしくない娘になれたでしょう」

メルチェット大佐はいった。

「なんとも無礼な詮索ばかりしまして恐縮のかぎりですが、すべての事実を調べあげる必要がありますので。あなたはルビーの将来のために充分なことをするつもりでいらした——つまり、彼女への財産分与を考えておられた。だが、具体的な手続きはまだだったんですね」

ジェファースンは答えた。

「おっしゃる意味はわかります——あの子の死によって利益を得る人物がいたかどうかですね。いや、誰もおりません。正式な養女にするために、必要な手続きを進めていましたが、まだ完了してはいませんでした」

メルチェット大佐はゆっくりいった。

「では、あなたの身に何かあった場合は——？」

大佐は語尾を濁して、質問口調にした。コンウェイ・ジェファースンはすぐさま答えた。

「そんな心配は無用です！　脚こそ不自由だが、病人ではないのだから。もっとも、医者連中はむずかしい顔をして、くれぐれも無理しないようにとうるさくいいますがね。無理なんかしてませんよ！　馬みたいに丈夫なのに！　そりゃ、いずれ死ぬ運命であることは、充分に承知していますよ——過去にあんな体験をしていますから！　この上なく頑健な人間でも急死することがあります。とくに、最近は交通事故もふえていますし。だが、わたしもその場合の用意だけはするつもりです。新しい遺言状を作ろうと思っています」

「ほう？」ハーパー警視は身を乗りだした。

「ルビー・キーンのために五万ポンドを信託財産にし、彼女が二十五歳になったとき、その金を受けとるという形にするつもりでいます」

ハーパー警視の目が丸くなった。メルチェット大佐も同じだった。驚きに呆然とした声で警視はいった。

「それはまた莫大な金額ですな、ジェファースンさん」

「こういう時代ですからね、ええ」

「知りあって数週間にしかならない女に、それを遺そうとされたのですか」

あざやかな青い目に怒りが浮かんだ。

「同じことを何度もくりかえしていわねばならんのですか。わたしには血肉を分けた人間が一人もいないのです――甥も、姪も、それどころか、遠い親戚ですら！　慈善団体に寄付するという手もありますが、できれば、個人に遺贈したいのです」ジェファースンは笑った。「シンデレラも一夜にしてお姫さまになったではありませんか！　魔法使いのおばあさんの代わりに、今度はおじいさんの登場ってわけです。どこがいけないんです？　わたしの財産ですよ。わたしが築いたんです」

メルチェット大佐は尋ねた。「その他の遺贈は？」

「従僕のエドワーズにわずかな額を――そして、残りはマークとアディに半分ずつ」

「あのう――失礼な質問ですが――残った分というのも、かなりの大金でしょうか」

「たいしたことはないと思います。株価がしじゅう変動していますから、正確なところはわかりませんが、相続税や、相続に必要な経費をさしひいて、たぶん、五千から一万ポンドというところでしょう」

「なるほど」

「この二人をないがしろにしているなどとは思わないでいただきたい。さっきも申しあげたとおり、子供たちが結婚したときに、かなりの財産を譲ったのですから。じつをいうと、わたしの手もとには、ほんのわずかしか残りませんでした。しかし、あの——あの悲劇の——あと、気を紛らすものがほしくなり、事業に熱中しました。ロンドンの自宅に専用電話をひいて、自分の寝室と会社をつなぎ、夢中になって働いたのです。おかげで、よけいなことを考えずにすみましたし、脚を失ったぐらいでへこたれてたまるかという気にもなれました。とにかく、仕事に没頭したのです」彼の声が深みを帯び、聞き手よりむしろ自分に向かって語りかける感じになった。「運命とは皮肉なもので、何をやってもうまくいくようになりました！　無茶な投機も成功しました。ギャンブルをやっても儲かりました。わたしが手を触れたものはことごとく黄金に変わったのです。不幸を埋め合わせてやろうという、運命の皮肉なのでしょうね」

彼の顔に刻まれた苦悩の皺がふたたび深くなった。

彼は気をとりなおし、暗い笑みを見せた。

「ですから、わたしがルビーに遺すつもりだった財産は、わたしの思いどおりに使っても誰にも文句のいえない金だったのです」

メルチェットはあわてていった。

「そりゃそうでしょう。その点は一瞬たりとも疑ってはおりません」

コンウェイ・ジェファースンはいった。「よかった。さて、今度はこちらからすこし質問させていただきたい。今回の恐ろしい事件について、もっと知りたいのです。わたしが知っているのは、彼女が――あのかわいいルビーが――ここから三十キロほど離れた家で、絞殺死体となって発見されたということだけなのです」

「そのとおりです。ゴシントン館というところで」

ジェファースンは眉をひそめた。

「ゴシントン？　だが、そこは――」

「バントリー大佐の屋敷です」

「バントリーですと！　アーサー・バントリー？　彼なら知っている。奥さんのことも知っている！　何年か前に、海外で知りあったのです。こんなところに住んでいるとは知らなかった。なんとまあ――」

ジェファースンは黙りこんだ。ハーパー警視が巧みに話に割りこんだ。

「バントリー大佐は先週の火曜日にこのホテルで食事をされたそうです。お会いになりませんでしたか」

「火曜日？　火曜日ねえ――いや、帰ったのが遅かったから。みんなでハーデン岬へ出かけて、夕食は帰る途中でとりました」

メルチェットはいった。

「ルビー・キーンからバントリー一家の話をおききになったことは？」

ジェファースンは首をふった。

「一度もありません。ルビーがあの一家と知りあいだったとは思えません。ええ、ぜったいに。芸能関係とか、そういう方面の人々しか知らなかったはずです」そこで黙りこみ、だしぬけに尋ねた。

「バントリーはなんといっていますか」

「わけがわからないそうです。彼はゆうべ、保守党の会合に出ていました。死体が発見されたのはけさになってからです。見たこともない女だといっています」

ジェファースンはうなずいた。

「まったく悪夢のような話ですな」

ハーパー警視は咳払いをした。

「いったい誰の犯行なのか、何かお心当たりはないでしょうか」

「心当たりがあれば、どんなにいいか！」彼の額の血管が浮きあがった。『信じられない。想像もつきません！　身近にこんなことがなければ、そんなバカな事件がおきるわけはないと一蹴していたことでしょう」

「ルビー・キーンには友達はいないんでしょうか——前につきあいのあった友達で——彼女につきまとっていたとか、彼女を脅していたとか」

「誓ってもいいが、一人もいません。いれば、わたしに話してくれたはずです。特定の〝男友達〟を持ったことはない。本人がそういっていました」

ハーパー警視は思った。

（うん、そりゃ、本人はそういうだろうよ！　しかし、そんな言葉は信用できん）

コンウェイ・ジェファースンはさらにつづけた。

「ルビーにつきまとったり、困らせたりしていた男がいたのなら、ジョージーがいちばんよく知っているはずです。ジョージーにお尋ねになりましたか」

「いないといっています」

ジェファースンは眉をひそめていった。

「わたしには変質者のしわざとしか思えません——手口が残虐で——田舎の屋敷に押し入ったりして——なんともはや、筋の通らない、常人には理解できない犯行です。世の中にはそういう男がいるんですよ。うわべは正常だが、女を——ときには子供を——連れ去って、殺してしまう。要するに、変質者の犯行でしょうな」

ハーパーはいった。

「ええ、まあ、そういうケースがあるのは事実ですが、この近辺にそのような変質者が出没するという噂はきいておりません」

ジェファースンは話をつづけた。

「ルビーと一緒にいるところをわたしが見かけた何人かの男について、じっくり考えてみました。ここに泊まっている男もいれば、外からきた男もいて――そういう連中がルビーと踊っていたのです。みんな、ごくおとなしい男に見えました。平凡なタイプですね。特別な男友達は一人もいませんでした」

ハーパー警視の顔は冷静そのものだったが、その目にはまだ――コンウェイ・ジェファースンは気づかなかったものの――疑るような光が残っていた。

たとえコンウェイ・ジェファースンが知らなくとも、ルビー・キーンに特別な友達がいた可能性はおおいにあると、警視は思った。

だが、口にはしなかった。メルチェット大佐は警視に探るような視線を向け、それから立ちあがった。

「ありがとうございました、ジェファースンさん。さしあたっては、これだけうかがえば充分です」

ジェファースンはいった。

「捜査の状況は知らせてもらえますね」

「ええ、ええ、密にご連絡を入れます」

二人の男は出ていった。

コンウェイ・ジェファースンは車椅子の背にもたれた。

まぶたが垂れて、あざやかな青い目をおおった。急にひどく疲れた表情になった。

一分か二分して、まぶたがぴくっと震えた。「エドワーズ！」と呼んだ。

となりの部屋から、すぐさま従僕があらわれた。エドワーズはこの主人のことを誰よりもよく理解していた。ほかの者は、たとえ近親者であっても、ジェファースンの強さしか知らない。エドワーズは彼の弱さを知っている。コンウェイ・ジェファースンの疲れた姿、落胆した姿、人生に絶望した姿、不自由な身体と孤独に瞬間的に打ちひしがれた姿を見てきたのだ。

「なんでございましょうか」

ジェファースンはいった。

「サー・ヘンリー・クリザリングに連絡をとってくれ。メルボーン・アッバスにいる。わたしからだといって、できれば明日でなく、今日のうちにこちらにきてくれるよう頼んでもらいたい。緊急だといってな」

第七章

1

　ジェファースンの部屋を出たところで、ハーパー警視はいった。

「真偽のほどはともかくとして、一応、動機が浮かんできましたね、本部長」

「そうだな」メルチェットはいった。「五万ポンド。だろう？」

「はい。それよりはるかに小額の金をめぐって殺人がおきた例もあります」

「それはそうだが――」

　メルチェット大佐は語尾を濁した。だが、ハーパーは彼のいわんとすることを理解した。

「今度の事件はどうもちがうような気がする――そうお考えなのですね？　じつのところ、その点に関してはわたしも同感なんです。だが、とりあえず調べてみなきゃなりません」

「もちろんだとも」

ハーパーは話をつづけた。

「ジェファースン氏のいうように、婿のギャスケル氏と、嫁のジェファースン夫人がすでに多額の財産分与を受けていて、充分な収入を得ているとすれば、わざわざ残虐な殺人を犯すとは思えませんが」

「もっともな意見だ。だが、二人の財政状態を調べてみる必要がある。わたしはどうも、ギャスケルの外見が気に食わんのだ。ずる賢くて、平気で悪事に走る男のように見える。だからといって、殺人犯と決めつけるのは早計だが」

「ええ、そうですとも。わたしだって、あの二人のどちらかが怪しいと思ってるわけではありませんし、ジョージーの証言からすると、おそらく時間的に無理でしょう。二人とも、十時四十分から十二時までブリッジをやっていました。わたしが思うに、ほかにもっと可能性の高い人物がいるような気がしますが」

メルチェットはいった。「ルビー・キーンの恋人とか？」

「それですよ、本部長。不満をくすぶらせた若い男――たぶん、頭はあまりよくないでしょう。そうですね、ルビーがここにくる前につきあってた男でしょう。今回の養女の話が男の耳に入ったことで、こういう惨事になったのかもしれません。男はルビーを失うことを知り、ルビーが別世界へ連れ去られることを知って、気も狂わんばかりになり、怒りに我を忘れてしまった。ゆうべ、ルビーを呼びだし、そのことで口論になったあげく、錯乱状態に陥って殺してしまった」

「では、どうしてバントリー家の書斎で発見されることになったのだね」

「ありえないことではないと思います。たとえば、そのとき、二人が男の車で出かけていたとしましょう。男ははっと我に返り、自分のやったことに気づいて、まずは死体をどう始末すればいいかと考える。車はちょうど、ある大きな屋敷の門の近くに停まっていた。男の頭にある考えがひらめく――ルビーがここで発見されれば、この屋敷に住む者に嫌疑が向けられ、自分が容疑者にされる心配はなくなる。ルビーは小柄な女です。男の手で楽々と抱きあげて運ぶことができます。車のなかには鑿が置いてありました。それを使って窓をこじあけ、暖炉のラグの上に女を放りだす。首を絞めて殺したのだから、車のなかには、彼の犯行を証拠立てる血痕だのなんだのは残っていない。いかがでしょう、本部長」

「うん、なるほど、みごとに筋が通っている。だが、それでも、やらねばならんことがひとつある。男を捜せ。〝犯罪の陰に男あり《シェルシェ・ロム》〟だ」

「は？　そうか、うまいですなあ、本部長」

メルチェット大佐のフランス語の発音があまりにみごとだったため、ハーパー警視は言葉の意味を危うくとりそこねるところだったが、上司のこのジョークを如才なくほめておいた。

2

「あ――あの――ええと――その――ちょ、ちょっとお話しできないでしょうか」二人を呼び止めたのはジョージ・バートレットだった。メルチェット大佐はバートレット青年に好感を抱いていなかったし、殺された女の部屋の捜索やメイドの事情聴取の結果をスラック警部からききたくてじりじりしていたため、ついぶっきらぼうな返事になってしまった。

「ん、なんだね――なんの話だ」

バートレット青年は一、二歩あとずさって、口をぱくぱくさせた。当人は無意識だろうが、その姿は水槽の魚にそっくりだった。

「あ――あの――重要なことじゃないかもしれないけど――一応お話ししておこうと思って。じつは、ぼくの車が見つからないんです」

「どういう意味だね、車が見つからないとは」

バートレット青年はしどろもどろになりながら、いくら捜しても車が見つからないのだと説明した。

ハーパー警視がきいた。

「盗まれたということかね」

ジョージ・バートレットはほっとした表情で、そのおだやかな声のほうに顔を向けた。

「ええ、まあ、そうじゃないかなと……。たしかなことはわかりませんけど。盗もうなんてそんな気はなしに、誰かがちょっと借りて乗ってっただけかもしれません」

「車を最後に見たのはいつだった、バートレットくん」

「あのう、いっしょうけんめい思いだそうとしたんですけど。何かを思いだすっていうのは、ほんとにむずかしいことですね」

メルチェット大佐は冷たくいった。

「ふつうの知性さえあれば、そうむずかしくないはずだが。きみの話だと、たしか、車はゆうべホテルの中庭に置いてあって――」

バートレット青年は大胆にもそこで口をはさんだ。

「あ、そうだ――そうかもしれない」

「どういう意味だね、〝かもしれない〟とは？　きみは〝中庭に置いてあった〟といったんだよ」

「あの――置いてあったと思うんです。そのう――つまり、外へ出てたしかめたわけじゃないから。そうでしょ？」

メルチェット大佐はためいきをついた。忍耐心をかき集めた。

「話をはっきりさせようじゃないか。きみが最後に車を見たのは――その日でじっさいに見たのはいつだったんだね。ところで、その車の種類は？」

「ミノアン14です」

「で、最後に見たのは――いつだった？」

ジョージ・バートレットの喉仏がひくひく上下した。

「思いだそうとしてるんですけど。きのうのランチの前にはちゃんとありました。お昼からドライブに行くつもりでした。でも、なぜか、よくあることだけど、昼寝をしてしまって。そのあと、お茶を飲んでから、スカッシュやなんかをやって、そのあとで風呂に入りました」

「で、そのときには、車はホテルの中庭にあったのかね」

「たぶん。だって、ぼくがそこに置いたんですから。誰かをドライブに誘おうかと思って――ディナーのあとで。あーあ、ゆうべはついてなかったな。誰もつきあってくれなかった。結局、ボロ車を出すのはやめました」

ハーパーはいった。

「つまり、きみの知るかぎりでは、車は中庭にずっと置いてあったんだね」

「ええ、もちろん。ぼくがそこに停めたんだから――そうでしょ？」

「車がもしそこになかったら、きみ、気がついただろうか」

バートレットは首をふった。

「いや、無理だと思います。いろんな車がしょっちゅう出入りしてたから。ミノアンだって何台もありました」

ハーパー警視はうなずいた。窓からちらっと外を見たばかりだった。いまも中庭にはミノアン14が八台もあった。今年いちばんの人気を誇っている安い大衆車だった。

「夜になったら車を駐車場にしまうという習慣はないのかね」メルチェット大佐はきいた。

「面倒なんで、あんまりやりません」バートレット青年は答えた。「ゆうべはよく晴れてたし。いちいち駐車場にしまうのは大変ですよ」

メルチェット大佐のほうに目をやって、ハーパー警視はいった。「お先に二階へどうぞ、本部長。わたしはヒギンズ巡査部長をつかまえて、バートレットくんの供述をとってもらうことにします」

「わかった、ハーパー」

バートレット青年は沈んだ顔でつぶやいた。

「お知らせしといたほうがいいと思ったんです。重要なことかもしれないから。ね？」

3

支配人のプレスコットは追加で雇ったダンサーに食事と部屋をあてがっていた。食事はともかく、部屋のほうはホテルでいちばんお粗末だった。

ジョゼフィン・ターナーとルビー・キーンは、薄汚れた狭い廊下のつきあたりにある部屋をひとつずつ使っていた。どちらの部屋も小さくて、窓は北向きで、ホテルの裏の崖に面していた。家具はといえば、三十年前には最高のスイートルームの贅沢さと豪華さをあらわしていたであろう古い家具の寄せ集めにすぎない。いまではホテルが近代化され、客室には作りつけのクロゼットが備えられるようになったため、こうした大きなヴィクトリア様式の衣装だんすは、ホテルの住込み従業員の部屋や、最高に忙しいシーズンに入ってほかの客室がふさがってしまったときに、あふれた客を泊めるのに使われている部屋へ、移されてしまったのだ。

メルチェットがすぐに見てとったように、ルビー・キーンの部屋は、誰にも見られずにホテルを抜けだすのに絶好の位置にあり、抜けだしたときの状況を解明するという点からすれば、まことに不都合な位置ともいえた。

廊下のつきあたりに小さな階段があり、それを使って一階におりると、似たような薄暗い廊下がある。そこにガラスのドアがあって、そこからホテルのサイドテラスに出られるようになっているが、景色がよくないため、人の出入りはほとんどない。このテラスから正面のメインテラスへまわることもできるし、曲がりくねった散歩道をたどって、小道に出て、そのずっと先にある崖の道路まで行くこともできる。でこぼこした道なので、ここを歩く者はめったにいない。

スラック警部はメイドたちを質問攻めにしたり、ルビーの部屋で手がかりを探したりするのに忙しかった。幸いなことに、部屋はルビーがゆうべ出ていったときのままになっていた。

ルビー・キーンには早起きの習慣はなかった。スラックがメイドからさいた話によると、たいてい十時か十時半ごろまで寝ていて、そのあと、朝食を部屋に運ばせていたという。ルビーの姿が見えないといってコンウェイ・ジェファースンが支配人をせっついたのが早朝のことだったため、メイドが室内のものに手を触れる前に、警察が捜査にかかることができたのだった。メイドたちはまだ、その廊下に足を踏み入れてもいなかった。廊下沿いにあるほかの部屋は、この季節には週に一回ドアをあけて埃を払うだけだった。

「その点はじつに好都合でした」スラック警部は浮かぬ顔で説明した。「手がかりらしきものがあれば、まちがいなく見つかったはずですから。ところが、何もないのです」

室内の指紋採取はグレンシャー警察によってすでに終わっていたが、正体不明の指紋はひとつもなかった。ルビー自身の指紋、ジョージーの指紋、そして、二人のメイドの指紋――一人は午前中、もう一人は夕方の係。あとは、レイモンド・スターの指紋が二つ見つかったが、これは彼の供述によって説明がついた。十二時のエキシビション・ダンスのときにルビーが姿をみせなかったため、ジョージーと二人でルビーを捜しにきたときについたものだという。

部屋の隅に置かれた大きなマホガニーのデスクの整理棚には、手紙やがらくたのたぐいが重ねて置いてあった。それをスラックが丹念により分けたところだった。しかし、参考になりそうなものは何もなかった。請求書、レシート、劇場のプログラム、映画の半券、新聞の切抜き、雑誌から破りとった美容記事。手紙のなかには、〈パレ・ド・ダンス〉時代の友人と思われる〝リル〟という女からの手紙が数通あって、さまざまな出来事や噂を書き連ねていた。〝みんな、ルビーがいなくなったのを残念がってるわ。フィンデイスンさんなんか、あなたのことを何回もきくのよ！　すごくがっかりしてるみたい！　レッグさんは、あなたがいなくなったものだから、今度はメイとつきあってるわ。バーニーもあなたのことをしつこくきくし。こっちは変わりばえのしない毎日よ。グラウザーのオヤジはあたしたち女の子のギャラをけちってばかり。エイダがどっかの男とつきあいだしたんで、カンカンに怒ってるわ〟」

スラックは手紙に出てくる名前をすべて丹念にメモしておいた。事情聴取の必要がある。ひょっとしたら、何か役に立つ情報が出てくるかもしれない。メルチェット大佐もそれに賛成した。遅れてやってきたハーパー警視も同様だった。それを除けば、この部屋には、手がかりになりそうな情報はほとんどなかった。

部屋の真ん中の椅子に、ルビーが夕方着ていたピンクのふわっとしたダンス用のドレスがかけられ、無造作に脱ぎ捨てられたピンクのサテンのハイヒールが床にころがっていた。薄い絹のストッキングがくしゃくしゃになって放りだされていた。片方が伝線している。メルチェットは殺された女が素足だったことを思いだした。スラックのきいた話では、ふだんからそうだったらしい。ストッキングをはく代わりに脚に化粧をし、ストッキングは踊るときにはくだけだったという。こうやって節約していたのだ。衣装だんすの扉があいていて、何着ものけばけばしいイブニング・ドレスと、その下にならんだ靴が見えた。洗濯物の籠には、汚れた下着が何枚かつっこんであり、屑籠には、切った爪、化粧を拭きとったティッシュ、口紅やマニキュアのついた脱脂綿などが入っていた。要するに、不審なものは何もなかった。そこに示された事実は明白だった。ルビー・キーンは急いで二階にあがり、服を着替えて、ふたたび急いで出ていったのだ――だが、どこへ？

ルビーの生活や友人関係をほぼ知っているはずのジョゼフィン・ターナーですら、首をひねるばかりだった。だが、それは、スラック警部が指摘したように、仕方のないことだったのかもしれない。

「今回の養女の件について話してくださったことが本当だとすれば、本部長、ルビーが昔の友人たちと、それも、せっかくの話をぶちこわしかねない連中と手を切ることに、ジョージーもおそらく大賛成だったことでしょう。わたしの見るところ、あの脚の不自由な紳士はルビー・キーンが大のお気に入りで、やさしくて、純情で、気立てのいい初々しい娘だと思いこんでいます。さて、ルビーに不良っぽい恋人がいたとすれば、老人がこころよく思うはずがありません。だから、ルビーにしてみれば、それを秘密にしておくしかなかったわけです。いくらジョージーでも、ルビーのことをそうくわしく知っているわけではありません。ルビーの交遊関係などについてはね。ただ、ルビーが好ましくない男とのつきあいをつづけて、すべてをぶちこわしてしまうことになれば、ジョージーも黙ってはいなかったでしょう。ですから、ルビーが――わたしにいわせれば、ずる賢い小娘ですが――昔の友達に会うことを秘密にしていたのは当然といえましょう。ジョージーには一言もいわなかったはずです。でないと、ジョージーに〝やめなさい、そんな男は〟と反対されるでしょうから。しかし、女というのは困ったもので――若い女はとくに――不良にのぼせあがってしまうものなんです。ルビーはその男に会いたがる。男はルビーに会いにやってきて、養女の件に腹を立て、彼女の首を絞める」

「もっともな推理だと思うよ、スラック警部」メルチェット大佐は、話を進めるさいのスラックの偉そうな態度に、例によって反感を覚えつつ、それを押し隠していった。

「もしそうだとしても、その不良の身元は比較的簡単につきとめられると思うよ」

「わたしにおまかせください」スラックはいつもの自信に満ちた口調でいった。「〈パレ・ド・ダンス〉のリルって女をつかまえて、洗いざらい吐かせてみせます。じきに本当のことがわかるでしょう」

そううまくいくだろうかと、メルチェットは危ぶんだ。スラックのエネルギーと行動力を見ているだけで、彼はいつも疲れてしまう。

「手がかりをひきだせそうな人物が、ほかにもう一人います」スラックは話をつづけた。「ダンスとテニスのプロですよ。ルビーと頻繁に顔を合わせてたはずですから、ジョージーより多くのことを知っているでしょう。ルビーだって相手が男なら、口が軽くなったかもしれません」

「その点はハーパー警視とすでに検討している」

「さすがですね、本部長。わたしはメイドたちに徹底的に質問してまわりました。しかし、誰も何も知らないようです。わたしの印象では、みんな、あの二人を見下してたようですね。部屋の掃除もできるだけ手を抜いてました。メイドがこの部屋に最後に入ったのはゆうべの七時で、ベッドカバーをはずし、カーテンをしめて、ざっと掃除していったそうです。となりにバスルームがありますが、ごらんになりますか」

バスルームは、ルビーの部屋と、ジョージーが使っていたもうすこし広めの部屋のあいだにあった。灯りがついていた。メルチェット大佐は女たちが使うおびただしい化粧品を前にして、言葉もなく圧倒された。フェイス・クリーム、クレンジング・クリーム、バニシング・クリーム、栄養クリームなどのずらりとならんだ瓶！　さまざまな色合いの白粉。乱雑に積み重ねられたありとあらゆる種類の口紅。ヘアローション。髪にきらめきを与えるスプレー。黒いつけ睫毛、マスカラ、目の下につけるブルーのパウダー、すくなくとも十二色はありそうなマニキュア、ティッシュ、脱脂綿、汚れたパフ。化粧水の瓶——アストリンゼン、トニック、マイルドタイプ、などなど。

「こりゃ驚いた」大佐は消え入りそうな声でつぶやいた。「ご婦人がたはこういうのを全部使うのかね」

知らないことは何もないというスラック警部が、親切にも説明役を買ってでた。

「ふつうの生活においてはですね、ご婦人は一種類か二種類の色しか使いません。ひとつは夜用、ひとつは昼用。自分に似合う色を知っていて、いつもそれに決めているのです。しかし、こうしたプロのダンサーの場合は、そのときどきに応じて変化が必要になります。エキシビション・ダンスを踊るわけですが、今夜はタンゴ、明日の夜は裾の広がったドレスでヴィクトリア朝風のダンス、つぎはアパッシュ・ダンスといろいろに変わりますし、ふつうの社交ダンスを踊ることもあります。そのため、化粧もそれに合わせて変えなきゃなりません」

「なんとまあ！」大佐はいった。「こういうクリームだのなんだのを製造する業者が大儲けしているのも無理はない！」

「あぶく銭ですよ、要するに」スラックはいった。「あぶく銭。もちろん、宣伝費がけっこうかかりますけどね」

メルチェット大佐は女性の化粧という、太古から存在しつづけている魅力的な問題から無理に心を切り離した。さきほど入ってきたばかりのハーパーに話しかけた。

「例の男のダンサーがまだ残っている。きみにまかせてもいいかな、警視」

「承知しました」

二人で階段をおりながら、ハーパーが尋ねた。

「バートレット青年の話をどう思われますか、本部長」

「車の話かね。あの男を監視する必要があると思うね。どう考えたって、あの話は嘘っぽい。やはり、ゆうべ、あいつがルビー・キーンを車に乗せて連れだしたんじゃないだろうか」

4

ハーパー警視の態度はゆったりしていて、心地よく、押しつけがましいところがなかった。二つの州警察が合同で捜査を進めるこういう事件には、つねに困難がつきまとう。彼はメルチェット大佐に好感を持っていたし、有能な本部長だと思っていたが、それでも、今回の事情聴取を一人でやれることになって喜んでいた。〝急いては事を仕損じる〟というのがハーパー警視のモットーだった。最初はお定まりの事情聴取のみ。そうすれば、相手は気をゆるめ、二回目の事情聴取のときには警戒心を解くようになるものだ。

ハーパーもすでに、レイモンド・スターの顔だけは知っていた。なかなかの好男子だ。背が高く、しなやかで、ハンサム。ブロンズ色に日焼けした顔に真っ白な歯がのぞいている。浅黒くて、優美な感じだ。気さくで親しみやすいので、ホテル客の評判もいい。

「あまりお役に立てないかもしれませんが、警視さん。もちろん、ルビーのことはよく知ってました。ルビーがここにきて一カ月以上たってましたし、ダンスの稽古やなんかを一緒にやってましたから。しかし、お話しできることはほとんどないんです。愛嬌はあるんだけど、どっちかというと、頭の悪い子でした」

「われわれがとくに知りたいのは彼女の交遊関係なんです。男性との交遊関係」

「そりゃそうでしょう。でも、ぼくは何も知らないんです！　このホテルにも取巻きの若い男が何人かいたようですが、特別な仲ではなかったですね。だって、ほら、ほとんどいつもジェファースン家の人たちにくっついてたから」

「なるほど、ジェファースン家ね」ハーパー警視は思案するかのように黙りこんだ。青年に鋭い視線を送った。「あの件をどう思いましたか、スターさん」

レイモンド・スターはさりげなく問いかえした。「あの件とは？」

ハーパーはいった。「ジェファースン氏がルビー・キーンを正式に養女にしたいといっていたことをご存じでしたか」

この話はスターには初耳だったようだ。唇をすぼめて、ヒュッと口笛を吹いた。

「お利口な小悪魔だ！　いやはや、年寄りのバカほど始末に負えないものはない」

「それがあなたの感想というわけですか」

「だって——ほかに何がいえます？　養女をもらいたいのなら、自分と同じ階級の女の子にすればよかったのに」

「ルビー・キーンはあなたにその話をしなかったんですか」

「ええ、一度も。ルビーが何かで有頂天になってたことは、ぼくも知ってますけど、それがなんなのか、見当もつきませんでした」

「じゃ、ジョージーは？」

「ああ、ジョージーならきっと、一部始終を知ってたでしょうね。ひょっとすると、彼女がお膳立てしたのかもしれない。ジョージーはバカじゃない。頭の切れる女です」

ハーパーはうなずいた。ルビー・キーンをホテルに呼び寄せたのはジョージーだった。ジェファースン家と近づきになるように仕向けたのもジョージーにちがいない。ゆうべのダンスにルビーが姿を見せず、コンウェイ・ジェファースンがひどく心配しはじめたときに、彼女があわてたのも無理はない。自分の計画がこわれていくのをまざまざと見る思いだっただろう。

ハーパーは尋ねた。

「ルビーが秘密を持っていた可能性はあると思いますか」

「ええ、たいていの人間と同じようにね。自分のことはあまりしゃべらない子でした」

「友達のことを何かいってませんでしたか——なんでもいいんです——以前につきあってた相手がここまで会いにきたとか、もめている相手がいたとか——わたしのいっている意味はおわかりですね、もちろん」

「わかりますとも。うーん、ぼくが気づいたかぎりでは、そういう相手はいなかったですね。ルビーの口からそんなことをきいた覚えはありません」

「ありがとう、スターさん。それじゃ、ゆうべ何があったのか、あなた自身の言葉で説明してもらえませんか」

「いいですよ。ルビーとぼくは十時半のダンスをやって――」

「そのとき、彼女の様子におかしなところはありませんでしたか」

レイモンドは考えこんだ。

「なかったと思います。そのあとどうなったかは知らないんです。お客さまのダンスの相手で忙しかったから。覚えているのは、ルビーが舞踏室にいないのに気づいたことだけです。十二時になってもルビーが姿を見せないので、ひどく心配になって、ジョージーのところへ相談にいきました。ジョージーはジェファースン家の人たちとブリッジをやってました。ルビーがどこにいるのか、彼女もぜんぜん知らなくて、ぼくの見た感じじゃ、ちょっとうろたえてたみたいです。ジェファースン氏のほうを不安そうな目でちらっと見てましたね。ぼくはバンドの連中に、ダンス音楽をもう一曲やるよう頼んでから、オフィスへ行ってルビーの部屋に電話してもらいました。でも、応答がありません。ぼくはジョージーのところにもどりました。ルビーはたぶん部屋で寝てるんだろうと、ジョージーがいいました。ばかげた意見ですが、いうまでもなく、ジェファースン氏の手前そういったにすぎなかったんです！　ジョージーは席をはずして、二人で二階へ行ってみようとぼくにいいました」

「なるほど。で、あなたと二人きりになったとき、彼女はなんていいました？」

「ぼくの記憶では、ひどく腹を立ててるようで、こういってました。〝バカな子。こんなことするなんて許せない。せっかくのチャンスがめちゃめちゃだわ。あの子が誰と一緒なのか、あなた、知らない？〟

ぼくは見当もつかないと答えました。最後にルビーを見たのは、彼女がバートレットという若者と踊っていたときでした。すると、ジョージーはいいました。〝あの男と一緒のはずはないわね。何してるのかしら。まさか、あの映画会社の男と出てったんじゃないでしょうね〟」

ハーパーは鋭く尋ねた。「映画会社の男？　誰ですか、そいつは」

レイモンドはいった。「名前は知りません。このホテルに泊まったことは一度もないから。ちょっと変わった感じの男です。黒髪で、俳優みたいな格好をしてて。映画の関係者だそうです――いや、本人がルビーにそういってたみたいです。一度か二度、このホテルに食事にきて、そのあとでルビーと踊ってましたけど、とくに親しいつきあいだったとは思えません。だから、ジョージーがそいつの話を出したとき、こっちは面食らったんです。今夜はきてなかったように思うと、彼女にいいました。すると、ジョージーは〝とにかく、誰かと出てったのはたしかだわ。ジェファースンさんたちになんて言い訳すればいいのよ〟というんです。ジェファースン一家となんの関係があるんだと、ぼくがきくと、ジョージーのやつ、大ありだと答えました。それから、ルビーがせっかくのチャンスをぶちこわしたりしたら、ぜったい許さないともいってました。

そうこうしているうちに、ルビーの部屋に着きました。もちろん、ルビーの姿はなかったけど、そこにいた形跡はありました。さっきまで着ていたドレスが椅子にかけてあったんです。ジョージーが衣装だんすをのぞいて、ルビーは古い白のドレスを着ていったらしいといいました。いつもなら、スパニッシュ・ダンスのときは黒のベルベットに着替えるはずなんですが。ルビーに勝手なまねをされて、ぼくはかなり頭にきていました。ジョージーは必死にぼくをなだめようとし、プレスコット支配人に文句をいわせないように、自分が踊るといいだしました。自分の部屋へ行ってドレスを着替え、ぼくと一緒に階下にもどってタンゴを踊りました——動きを誇張して、派手に見せてましたが、じつをいうと、足首にはあまり負担のかからない踊りでした。ジョージーもほんとに根性がありますよね——痛いのを我慢してるのが、傍で見てもわかりましたから。ダンスがすむと、ジョージーはジェファースン一家をなだめるのを手伝ってほしいと、ぼくに頼みました。大切なことだからといって。で、もちろん、ぼくもできるかぎり協力しました」

ハーパー警視はうなずいた。

「参考になりました、スターさん」

心のなかではこう考えていた。(そりゃ、大切なことだったろう！　五万ポンドがかかってるんだ！)

警視は優雅な足どりで去っていくレイモンド・スターを見送った。レイモンドはテニスボールの袋とラケットを手にして、テラスの階段をおりていった。同じくラケットを持ったジェファースン夫人が彼に近づき、二人でテニスコートのほうへ歩いていった。

「あのう、警視」

ヒギンズ巡査部長が軽く息をはずませながら、ハーパーの横に立った。

警視は自分がたどっていた思考の糸からひきもどされて、びくっとした顔になった。

「警察本部からたったいま、警視宛てに連絡が入りました。けさ、労働者から、火炎のあがるのを見たという報告があったそうです。で、三十分前に、全焼した車が石切場で発見されました。ヴェンの石切場です。ここから三キロほどのところにあります。車内から黒焦げの死体が発見されました」

ハーパーのいかつい顔が赤く染まった。

「グレンシャー州はどうなってしまったんだろう。暴力の蔓延とはねえ……。ラウズ事件の再来だなんていわないでくれよ！」

そして尋ねた。「車のナンバーはわかったのかね」

「いえ、まだです。しかし、エンジンの番号からつきとめられるでしょう。車種はミノアン14のようです」

第八章

1

サー・ヘンリー・クリザリングはマジェスティック・ホテルのラウンジを通りすぎるさい、そこにいる人々には目もくれなかった。頭のなかが考えごとでいっぱいだったからだ。しかしながら、人生のつねとして、彼の潜在意識に何かがひっかかった。その何かは出番がくるのを辛抱強く待っていた。

サー・ヘンリーは階段をのぼりながら、いったい何が原因で友達が緊急の連絡をよこしたのだろうと首をひねっていた。コンウェイ・ジェファースンは相手が誰であれ、緊急の呼出しをかけるような人間ではない。何かただならぬことがおきたにちがいない。

ジェファースンは無駄な挨拶に時間を浪費するようなまねはしなかった。

「よくきてくれたね。エドワーズ、サー・ヘンリーに飲みものをさしあげてくれ。さあ、すわって。まだ何もきいてないだろう？　新聞にも出てないだろ？」

サー・ヘンリーは好奇心にうずうずしながら、首をふった。

「何があったんだね」

「殺人だよ。わたしがそれに巻きこまれてしまった。きみの友人のバントリー夫妻もだ」

「アーサー・バントリーとドリーが？」サー・ヘンリーは信じられないという声になった。

「そうなんだ。じつは、あそこの屋敷で死体が発見されてね」

明瞭簡潔に、コンウェイ・ジェファースンは事実を述べていった。サー・ヘンリーは口出しせずに耳を傾けた。どちらの男も、話の要点をつかむのには慣れていた。ロンドン警視庁の総監だったころのサー・ヘンリーは、物事の本質をすばやく見抜くことで有名だった。

「なんとも妙な事件だね」ジェファースンの説明が終わったところで、サー・ヘンリーはいった。「バントリー夫妻がどうしてこんなことに巻きこまれたんだろう」

「わたしもそれで悩んでるんだ。なあ、ヘンリー、わたしが夫妻と知りあいだという事実が事件に関係しているように思えてならんのだ。考えられるつながりはそれしかない。

二人がルビー・キーンに会ったことは一度もないはずだ。当人たちもそういっているし、それを疑う根拠はどこにもない。二人がルビーと知りあいだったなんて、およそ考えられない。そうなると、ルビーが誰かに連れ去られ、その死体が故意にわたしの友人の家に置かれたと考えるのが自然じゃないかね」

サー・ヘンリーはいった。

「考えすぎだと思うがねえ」

「だが、ありえないことではない」ジェファースンも頑固だった。

「まあな。だが、可能性は低い。ところで、わたしに何を頼みたいんだね」

コンウェイ・ジェファースンは苦々しげにいった。

「わたしは脚が不自由だ。その事実に目をつぶり、認めまいとしてきたが、今回のことでつくづく思い知らされた。自分の好きなように歩きまわって、質問したり、あれこれ調べたりするのは、わたしには無理なことだ。ここにおとなしくすわって、警察がご親切にも与えてくれる情報の切れっ端をありがたく受けとるしかないのだ。ところで、きみ、メルチェットとは知りあいかね。ラドフォードシャー州警察の本部長の」

「ああ、会ったことはある」

サー・ヘンリーの頭のなかで何かがうごめいた。ラウンジを通り抜けたときに、見るともなく目に映った顔と姿。背筋をしゃんと伸ばした老婦人の、見覚えのある顔。その顔は彼がメルチェットと最後に会ったときの記憶と結びついていた。

サー・ヘンリーはいった。

「つまり、わたしに素人探偵をやってほしいというんだな。いや、わたしの出る幕じゃないよ」

ジェファースンはいった。

「たしかに、きみは素人じゃないものな」

「いや、もう現職じゃないんだ。いまは引退の身だ」

ジェファースンはいった。「だから、かえって楽なんじゃないか」

「つまり、わたしがいまも警視庁勤務の身だったら、手出しはできんという意味だね。まさしくそのとおり」

「だが」ジェファースンはいった。「きみほどの経験があれば、この事件に興味を持っても誰も文句はいわないだろうし、協力するといえば、みんな大歓迎だと思うよ」

サー・ヘンリーはゆっくりといった。

「礼儀が許すなら、ひきうけてもいいが……。しかし、本当はわたしに何をしてほしいんだね、コンウェイ。その女を殺した犯人をつきとめろと?」

「そう、それなんだ」

「きみのほうに心当たりは？」

「まったくない」

サー・ヘンリーはゆっくりといった。

「こういってもたぶん信じてもらえんだろうが、ちょうどいま、階下のラウンジに謎解きの名人がすわっている。事件を解くことにかけてはわたしより凄腕だし、おそらく、地元の情報にも通じているはずだ」

「何をいいだすんだ」

「階下のラウンジの左から三番目の柱のそばに、いかにも独身といった感じのやさしい落ち着いた顔をした老婦人がすわっている。人間の心の奥底に潜む邪悪さを見抜き、それをあたりまえのこととして受け入れてきた人だ。名前はミス・マープル。ゴシントンから二・五キロほど離れたところにあるセント・メアリ・ミードという村の住人で、バントリー夫妻の友達でもある——犯罪となれば、まさにミス・マープルの出番だよ、コンウェイ」

ジェファースンは太い眉を寄せて彼をみつめた。重苦しい声でいった。

「冗談だろう」

「いや、冗談なものか。きみ、さっき、メルチェットの名前を出しただろ。わたしが最後にメルチェットに会ったのは、ある村で悲劇的な事件がおきたときだった。村娘が身投げをしたんだ。だが、警察はそれが自殺ではなく、殺人だと鋭く見抜いた。犯人の目星もついたと考えた。そのとき、ミス・マープルがあたふたと落ち着かぬ様子でわたしのところにやってきた。警察は見当ちがいの人間を絞首刑にしようとしている、自分には証拠はないが、誰が犯人かはわかっている、といいだした。犯人の名前を書いた紙をわたしによこした。そして、なんと、まさにミス・マープルが正しかったんだ！」

コンウェイ・ジェファースンは眉を大きくひそめた。まさかといいたげにつぶやいた。

「女の直感というやつだろ」疑わしげにいった。

「いや、当人はそうはいっていない。専門知識だといっている」

「どういう意味だね」

「つまり、きみも知ってのとおり、警察の捜査にもそれが使われている。たとえば、盗難事件がおきれば、誰が犯人かはたいてい目星がつくものだ――通常の犯罪者であればという意味だが。この手口を使うのはこういうタイプの泥棒というように、警察のほうで把握しているからね。ミス・マープルの場合は、村の暮らしのなかで、それに類似する興味深い出来事を――まあ、ときには些細なものもあるが――いくつも体験しているわけさ」

ジェファースンは疑わしげにいった。

「しかし、踊りやステージのなかで生きてきて、おそらく、村で暮らしたことなど一度もない女について、そんな老婦人に何がわかるというんだね」

「大丈夫」サー・ヘンリー・クリザリングはきっぱりいった。「ちゃんと推理してくれると思うよ」

2

サー・ヘンリーが近づいていくと、ミス・マープルはうれしそうに頰を染めた。

「まあ、サー・ヘンリー、こんなところでお目にかかれるなんて、なんて運がいいのかしら」

サー・ヘンリーは騎士道精神の持ち主だった。

「わたしにとっても、まことに大きな喜びです」

ミス・マープルは頰を染めたまま、つぶやくようにいった。「おやさしいこと」

「ここにお泊まりですか」

「ええ、そうなんですの。二人で」

「二人？」

「バントリー夫人も一緒なんです」ミス・マープルは鋭い目で彼を見た。「すでにお耳に入ってます？　ええ、そのお顔からすると、ご存じのようね。恐ろしい事件ですわねえ」

「ドリー・バントリーがどうしてこのホテルに？　大佐もご一緒ですか」

「いいえ。じつを申しますと、二人の反応がまったくちがっておりましてね。バントリー大佐はこういうことがおきると、気の毒に、書斎に閉じこもるか、でなければ、農園へ出かけてしまいます。カメみたいに首をひっこめて、誰とも顔を合わせないようにするんです。ところが、ドリーのほうは正反対」

「ドリーのことだから」旧友のことをよく知っているサー・ヘンリーはいった。「けっこうはしゃいでるんじゃないですか」

「え――ええ――そうなんです。かわいそうな人」

「そして、あなたをここにひっぱってきて、帽子からウサギを出してくれと頼んでるんでしょう？」

ミス・マープルはすました顔で答えた。

「気分転換が必要だけど、一人で出かけるのは気が進まないって、ドリーがいったものですから」彼の目をみつめ、自分の目をかすかに光らせた。「でも、もちろん、あなたがおっしゃったことも当たっています。それでちょっと困ってますの。だって、なんの役にも立てないんですもの」

「何か思いついたことは？　村に似たような出来事はありませんか」

「事件のくわしい内容がまだわかりませんしね」

「その点はわたしにおまかせを。相談に乗ってもらいたいんです、ミス・マープル」

サー・ヘンリーはこれまでの事情をざっと説明した。ミス・マープルは一心に耳を傾けた。

「お気の毒なジェファースンさん。なんて悲しい話でしょう。そんな恐ろしい事故にあわれて。脚の不自由な身で残されるというのは、事故でご家族と一緒に死亡するより、かえって残酷ですわね」

「まさにそのとおり。だからこそ、その後の彼の毅然たる生き方を友人連中はみな尊敬しているのです。苦しみも、悲しみも、身体的障害も、克服して生きてきたのですから」

「ほんとにねえ。ご立派だわ」

「ひとつだけ理解できないのは、彼がいきなり、あのような女に愛情をそそぐようになったことです。そりゃもちろん、とても性格のいい女だったのでしょうが」

「それはちがうでしょう」ミス・マープルは落ち着いていった。

「ちがう？」

「性格はこのさい、無関係だったと思います」

サー・ヘンリーはいった。

「ジェファースンは女好きの年寄りなどではありませんぞ」

「い、いえ、そんな！」ミス・マープルは真っ赤になった。「そんなつもりで申しあげたんじゃありません。わたしが申しあげようとしたのは――言い方が下手なのは承知していますが――亡くなったお嬢さんの代わりになるようなかわいくて明るい娘さんを、ジェファースンさんが求めておられたということなんです。で、その女がチャンスと見て、全力でそういう娘を演じたんですよ。意地の悪いことをいうとお思いかもしれませんが、似たような例をいくつも見てきましたのでね。ハーボトルさんのお宅にいた若いメイドもそうでした。器量は十人並でしたけど、行儀がよくておとなしい子でした。あるとき、親戚の人が重い病気で死にそうになったため、ハーボトルさんの妹さんが看病でしばらく留守にしたのですが、帰ってくると、メイドの態度がやたら大きくなっていて、客間にすわって老人と談笑してるんです。しかも、メイドの帽子もエプロンもつけないで。ミス・ハーボトルがメイドを叱りつけたところ、メイドはむくれてしまい、つぎには、ハーボトルさんがこういいだして妹さんを啞然とさせました――おまえもずいぶん長いあいだ、この家の切り盛りをしてくれたから、そろそろ、ほかの者に肩代わりしてもらってもいいころだ、と。

このスキャンダルに村じゅう大騒ぎでしたが、ミス・ハーボトルはお気の毒に、家を出て、イーストボーンに借りた部屋でみじめな生活を送ることになってしまいました。もちろん、村の人たちはあれこれ噂してましたけど、わたしは、そういうたぐいの親密さはいっさいなかったと思っています。単に、若い陽気な女をそばに置いて、〝頭がいいのね〟とか〝楽しい人ね〟などといってもらうのが、うれしくてたまらなかっただけですよ。妹がいくら所帯の切り盛りのうまい女でも、その妹にしょっちゅう欠点をあげつらわれてたんじゃ、たまりませんもの」

ミス・マープルはそこでしばらく間を置き、やがてふたたび話しはじめた。

「それから、薬局をやっていたバッジャーさんの例もあります。化粧品の販売をまかせてた若い女にのぼせあがって大変でしたの。その子を娘だと思って自分たちの家に住まわせようって、奥さんにいったんです。奥さんは承知しませんでしたけど」

サー・ヘンリーはいった。「もし、ジェファースンと同じ階級の娘さんだったら――たとえば、友達のお嬢さんか何かだったら――」

ミス・マープルは彼の言葉をさえぎった。

「いいえ、それではジェファースンさんがとうてい満足できなかったでしょう。ちょうど、伝説に出てくる、乞食娘と結婚したコフェチュア王のようなものです。あなたが人生に疲れた孤独な老人で、家族から無視されているとしたら――」ミス・マープルはここでちょっと言葉を切った。「あなたの威光に圧倒されるような女と親しくすることで――芝居がかった言い方になってしまいましたが、いわんとすることはおわかりいただけますね――人生ははるかに楽しくなるでしょう。自分が偉大な人物になったような、慈悲深い君主になったような気がすることでしょう！　相手の女は大感激し、そのおかげで、あなたはいい気分になれるのです」一息入れて、さらにつづけた。「バッジャーさんは自分の薬局で働いていたその女に、ダイヤのブレスレットだの、とても高価なラジオ付きプレイヤーだの、あれこれ贅沢なプレゼントをしました。そのために貯金をどんどんおろしました。でも、バッジャーの奥さんは、あの気の毒なミス・ハーボトルよりはるかにしっかり者だったので――もちろん、結婚していたおかげでしょうね――手間暇かけてあれこれと探りだしました。そして、その女が競馬にうつつを抜かしているろくでもない男とつきあっていることや、男に金を渡すためにブレスレットを質に入れてしまったことがわかったとき、バッジャーさんはすっかり愛想をつかして、女との仲はめでたく終わりとなりました。そして、その年のクリスマスには、奥さんにダイヤの指輪をプレゼントしたのです」

ミス・マープルのおだやかながらも鋭い目がサー・ヘンリーの目をとらえた。サー・ヘンリーは、いまの話は何かのヒントだったのだろうかといぶかった。

「ルビー・キーンの人生に若い男がいたのなら、ルビーに対するジェファースンの態度は変わっていたかもしれない――そうおっしゃるのですか」

「おそらく変わったでしょうね。ジェファースンさんのほうは、一、二年したら彼女の結婚相手を見つけてやろうというおつもりだったかもしれません――もっとも、なかなかそうはいかないでしょうけど――殿方というのは概して自分勝手ですもの。でも、ルビー・キーンに若い男がいたなら、彼女はきっと、それを極秘にしておこうと必死だったはずです」

「そして、若い男がそれに激怒したとか？」

「そう考えるのがもっとも妥当でしょうね。じつは、けさ、殺された娘さんの親戚だという若い女性がゴシントン館にきてたんですけど、その娘さんにずいぶんと腹を立てている様子でした。いまのお話をうかがって、その理由がわかりました。養女の話をまとめて、おこぼれにあずかるのを楽しみにしていたにちがいありません」

「ずいぶん打算的な女のようですな」

「そう決めつけるのはきびしすぎるような気もしますけど。女の細腕で生計を立てなくてはならないのですよ。裕福な男女が――つまり、あなたのお話にあったギャスケル氏とジェファースン夫人が――倫理的に見てなんの権利もない莫大な金を奪いとられることになるぐらいで、ミス・ターナーに同情を期待するのは無理というものです。わたしにいわせれば、彼女は頭のいい野心的な若い女性で、陽気で、生きる喜び《ジョワ・ド・ヴィーヴル》にあふれたタイプですね」ミス・マープルはさらにつづけた。「パン屋の娘のジェシー・ゴールデンにちょっと似てるような気がします」

「そのパン屋の娘さんはどうなりました？」サー・ヘンリーは尋ねた。

「保母兼家庭教師になる勉強をして、雇われ先の家の息子さんと結婚しました。その息子さん、休暇でちょうどインドから帰ってきてたんです。とてもいい奥さんになったようですよ」

サー・ヘンリーはこうした魅力的な脱線話から無理に自分をひきもどした。

「わたしの友人コンウェイ・ジェファースンが、突然〝コフェチュア・コンプレックス〟——そう呼んでもかまいませんかな？——にとりつかれてしまったのには、何か理由があるのでしょうか」

「あったかもしれませんね」

「どのような？」

ミス・マープルはすこしためらいながら答えた。

「ひょっとすると——もちろん、あくまでも想像ですけど——お婿さんも、お嫁さんも、再婚したがってたんじゃありません？」

「だが、ジェファースンが反対するはずはないでしょう？」

「ええ、そりゃ反対はしませんとも、でも、いいですか、ご当人の立場に立ってお考えにならなくては。ジェファースンさんは残酷な衝撃と喪失を体験なさいました——あの二人も同じです。遺された三人が一緒に暮らしているわけですが、三人を結びつけている絆は、愛する者に先立たれたという共通の体験なのです。でも、うちの母がよくいっていたように、時間がたてば悲しみも薄らいでいきます。ギャスケル氏も、ジェファースン夫人も、まだまだ若い。無意識のうちに、どことなく落ち着かない気分になり、自分たちを過去の悲しみに縛りつけている絆に苛立ちを覚えはじめたのかもしれません。

二人がそんなふうに感じるようになれば、年老いたジェファースンさんも、理由はわからないながら、二人の思いやりが急に薄れてしまったことに気づくことでしょう。世の中とはそんなものです。殿方はとかく、自分がないがしろにされていると思いがちです。ハーボトルさんの例でいえば、妹さんがしばらく家を留守にしたことが原因でしたし、バッジャーさんの場合は、奥さんが心霊術にのめりこみ、しょっちゅう降霊会に出かけていたのがいけなかったんです」

「こう申してはなんですが」サー・ヘンリーは遠慮がちにいった。「すべての人間を共通項にあてはめて考えるというあなたのやり方は、どうも好きになれませんな」

ミス・マープルは悲しげに首をふった。

「人間の性質というのは、どこへ行っても似たようなものですのよ、サー・ヘンリー」

サー・ヘンリーは不快感をあらわにした。

「ハーボトル！　バッジャー！　そして、気の毒なコンウェイ！　個人的な話をするのは嫌いだが、あなたの村には、このわたしのような人間もいるのですか」

「ええ、いますとも。ブリッグズがそうですね」

「ブリッグズとは？」

「オールド・ホールという屋敷で庭師頭をしていた男です。あんなすばらしい庭師はおりませんよ。彼の下で働く者たちが手を抜くと、たちどころに見抜くのです。ほんとにもう、薄気味悪いほど！　庭師三人と、下働きの少年一人を使っているだけなのに、庭師が六人いたころよりも、手入れが行き届いていました。彼のスイートピーは何度か一等賞をとりましたしね。いまは引退の身です」

「わたしと同じですな」サー・ヘンリーはいった。

「でも、いまも軽い仕事はしてるんですよ——気に入った人の依頼なら」

「おや。それもわたしと同じだ。わたしがいまやってるのはそれなんですよ——軽い仕事です——旧友を助けるための」

「二人の旧友ですね」

「二人？」サー・ヘンリーは怪訝な顔をした。

ミス・マープルはいった。

「あなたがおっしゃったのはジェファースンさんのことでしょ？　でも、わたしが考えていたのはそうじゃなくて、バントリー大佐夫妻のことですの」

「あ——そうか——なるほど——」サー・ヘンリーは鋭く尋ねた。「だから、話の最初のほうで、ドリー・バントリーのことを〝かわいそうな人〟とおっしゃったのですね」

「ええ。ドリーには事態がまだ呑みこめていないんですもの。わたしはもっと経験を積んでいますから、よくわかるんです。じつはね、サー・ヘンリー、今度の事件ですけど、結局は迷宮入りになってしまうような気がしてなりませんの。ブライトンでおきたトランク詰めの殺人事件のように。でも、迷宮入りになったりしたら、バントリー夫妻にとってはとんでもない悲劇です。退役軍人はたいていそうですけど、バントリー大佐も並はずれて神経の細い人です。世間の思惑をとても気にするタイプです。しばらくのあいだは何も気づかないでしょうが、そのうち、じわじわと神経にこたえはじめるでしょう。こちらで無視され、あちらで冷たくあしらわれ、人を招待してもことわられ、あれこれ逃げ口上をならべられ——そうこうするうちに、村八分にされていることに気づいて自分の殻のなかに閉じこもり、ひどく陰鬱でみじめな生活を送るようになるのです」

「あなたのおっしゃる意味を確認させてください、ミス・マープル。つまり、バントリーの家で死体が発見されたがために、世間の人は彼が事件にかかわっていると思うようになる——そういうことですね」

「そうですとも！　すでにそういう噂が流れているにちがいありません。噂はますます広まるでしょう。そして、村の人たちはバントリー夫妻を白い目で見て、避けるようになるでしょう。だからこそ、真相をつきとめなくてはならないのです。わたしはそのために、バントリー夫人と一緒にここにやってきたのです。面と向かって攻撃されるなら、話はべつですよ。軍人であれば、それに立ち向かうのはたやすいことです。怒りをぶつければいいのですし、闘うチャンスも与えられます。でも、今回のように陰でこそこそいわれるだけだと、神経がまいってしまいます。夫婦そろって、まいってしまうでしょう。ですから、サー・ヘンリー、どうあっても真相をつきとめなくてはならないのです」

サー・ヘンリーはいった。

「なぜバントリーの屋敷で死体が発見されたのか、何かお心当たりはありませんか。かならず筋の通った説明がつくはずです。なんらかの関係があるはずです」

「ええ、そうですとも」

「ルビーの姿がここで最後に目撃されたのは、十時四十分ごろのことでした。医学上の証拠によると、十二時にはすでに死亡していたものと思われます。ここからゴシントンまでは約三十キロあります。本通りから脇道にそれるまでの二十五キロはいい道路です。馬力のある車だったら、三十分もかからずに着けるでしょう。いやいや、どんな車でも三十五分あれば大丈夫です。しかし、犯人がルビーをここで殺して死体をゴシントンまで運んだにせよ、ゴシントンまで連れだしてそこで絞殺したにせよ、なぜそんなことをする必要があったのか、わたしにはさっぱりわかりません」

「そりゃ、わかるはずがありません。だって、現実には、そんなことはおきていないんですもの」

「それじゃ、誰かがルビーをドライブに誘って車のなかで絞め殺し、そのあとで、たまたま目についた近くの家へ放りこむことにしたというのですか」

「そんなこと、わたしは考えてもおりません。これは用意周到に計画された犯行だと思います。でも、どこかでその計画に狂いが生じたのでしょう」

サー・ヘンリーは彼女を凝視した。

「なぜまた狂いが生じたんですか」

ミス・マープルは申しわけなさそうに答えた。

「そういう奇妙なこともおきるものです。この計画が狂ってしまった原因は、人間というのが予想以上に傷つきやすく繊細なせいだと申しあげたら、妙なことをいうやつだとお思いになるでしょうね。ちがいます？　でも、わたしはそう信じておりますの――それに――」

ミス・マープルは不意に言葉を切った。「あら、バントリー夫人だわ」

第九章

1

バントリー夫人はアデレード・ジェファースンと一緒だった。サー・ヘンリーのところに歩み寄り、「あなたでしたの？」と叫んだ。

「おや、これはこれは」サー・ヘンリーは彼女の両手をとって、温かく握りしめた。「今度のことでどんなに心を痛めているか、とうてい言葉にはできません、ミセスB」

バントリー夫人は反射的にいいかえした。

「ミセスBなんて呼び方はおやめになって！」さらにつづけていった。「アーサーはきておりませんのよ。あの騒ぎをとても深刻に受けとめているようです。でね、わたくし、探偵をやろうと思って、ミス・マープルと二人でこちらにまいりましたの。ジェファースンの若奥さまをご存じ？」

「はい、もちろん」

サー・ヘンリーは握手をした。アデレード・ジェファースンがいった。

「義父にはもうお会いになりました？」

「ええ」

「よかった。みんな、義父のことを心配しております。ほんとに恐ろしい事件ですわね」

バントリー夫人がいった。

「テラスへ出て、飲みものでもいただきながら、お話ししましょうよ」

四人は外へ出ると、テラスのいちばん端に一人ですわっているマーク・ギャスケルのところへ行った。

しばらく雑談をかわし、飲みものが運ばれてきたところで、バントリー夫人が持ち前の行動好きな性格を発揮して、ずばりと本題に入った。

「事件のことを話しあっても、さしつかえありませんでしょ？　だって、おたがい、古くからの友達ですもの——ミス・マープルはべつですけど、でも、この方、犯罪にとてもくわしいのよ。わたしたちに力を貸してくださるんですって」

マーク・ギャスケルが困惑の表情でミス・マープルを見た。疑わしげにいった。

「じゃ――そのう――探偵小説でも書いておられるのですか」

まさかと思うような人が探偵小説を書いているのを、ギャスケルは知っていた。そして、いかにも独身の老女らしい服を着たミス・マープルもまさに、その〝まさか〟のたぐいに見えたのだった。

「とんでもない。わたしにはそんな頭はありません」

「あら、この人、名探偵なのよ」バントリー夫人は我慢しきれずに口をはさんだ。「いまは説明してる暇がないけど、とにかく名探偵なんですからね。さてと、アディ、教えてほしいことがいっぱいあるのよ。まず、ルビーというのはどんな女だったのかしら」

「そうですね――」アデレード・ジェファースンは返事につまり、マークのほうを見やってから、軽く笑った。「ずいぶんはっきりお尋ねですこと」

「あなたはルビーに好意を持ってらした？」

「いいえ、とんでもない」

「はっきりいって、どんな子だったの？」バントリー夫人は質問の矛先をマーク・ギャスケルに向けた。マークはじっくり考えながら答えた。

「世間によくいる金目当ての女ですよ。なかなかの腕でした。なにしろ、ジェフをみごとにひっかけたんだから」

マークも、アデレードも、舅のことを〝ジェフ〟と呼んでいた。

サー・ヘンリーは非難の目でマークを見ながら、心のなかで思った。

(軽率な男だ。すこしは口を慎めばいいのに)

サー・ヘンリーは昔から、マーク・ギャスケルになんとなく反感を抱いていた。魅力的ではあるが、どうも信用できない――口が軽すぎるし、ときにはやたらと自慢したがる。どう見ても信用できるタイプではない。コンウェイ・ジェファースンの気持ちも自分と同じではないかと、たまに思うことがあった。

「ねえ、あなたたちの手でどうにかできなかったの?」バントリー夫人が問いつめた。

マークはそっけなく答えた。

「できなくはなかったでしょうけど――もっと以前に気づいていれば」

マークがアデレードをちらっと見ると、彼女はかすかに赤くなった。マークの視線には非難が含まれていた。

アデレードがいった。

「わたしが目を光らせておくべきだったと、マークは思ってるんです」

「きみはジェフをほったらかしにしてたじゃないか、アディ。テニスのレッスンだの、なんだのって」

「あら、わたしだってたまには運動しなきゃ」彼女は弁解がましくいった。「とにかく、まさかあんなことになるなんて……」

「まったくだ」マークはいった。「おたがい、夢にも思わなかったよな。ジェフはどんなときでも分別を失わず、冷静だったのに」

ミス・マープルが話に加わった。

「殿方というのは」いかにも独身の老女らしく、男はけだものだといわんばかりの口調で述べた。「いくら冷静に見えても、往々にして、そうでなくなることがあるものです」

「たしかにそうかもしれません」マークがいった。「ところが、運の悪いことに、こっちはそれに気づかなかったんです。あんなおもしろくもない、品の悪い小娘のどこがいいんだろうと、みんな、ふしぎに思ってました。でも、義父が楽しそうにしてるんで、ぼくらとしては喜んでたわけです。ただの小娘だから、べつに害はないだろうと思って。とんでもない勘違いでした！　この手で首をひねってやればよかった！」

「マーク」アデレードがいった。「言葉に気をつけてちょうだい」

マークは彼女に魅力的な笑顔を見せた。

「はいはい、わかってますよ。でないと、ほんとにあの女の首を絞めたんだって、世間に思われかねないからね。ま、いいや。どっちみち、ぼくに容疑がかかってんだろうし。あの女の死を望んでた者がいるとすれば、それはアディとぼくなんだから」

「マーク」ジェファースン夫人が、笑い半分、怒り半分といった声で叫んだ。「ほんとにもう、やめなさいってば！」

「わかった、わかった」マーク・ギャスケルはおとなしくいった。「けど、ぼくは正直な意見をいうのが好きなんだ。われらが尊敬する義父上は、あの軽薄な、薄のろの、ずる賢い小娘に、五万ポンドという大金を譲ろうとしたんだよ」

「マーク、やめなさい——ルビーは死んだのよ」

「ああ、死んださ。気の毒な小悪魔め。まあ、考えてみれば、ルビーが造化の神から与えられた武器を使っちゃいけないって法はないからな。ぼくにとやかくいう資格はない。こっちだって、いろいろバカなことをしてきたんだから。要するに、ルビーがあれこれ策略を練ったのは当然のことで、その策略に気づかなかったぼくらが間抜けだっただけのことさ」

サー・ヘンリーはいった。

「あの子を養女にするつもりだとコンウェイがいったとき、きみはどう答えたんだね」

マークは両手をさしのべた。

「ぼくらに何がいえます？　アディはつねに行儀のいい貴婦人で、その自制心たるや、みごとなものだ。あのときも平然としていました。ぼくもアディを見習おうと努力しました」

「わたしならきっと、大反対したと思うわ！」バントリー夫人がいった。

「率直にいって、ぼくらには反対する資格がなかったんです。ジェフの金ですからね。アディも、ぼくも、血縁者じゃありません。義父はいつだって、ぼくらにとてもよくしてくれました。養女の件については、黙って受け入れるしかありませんでした」マークは考えこみながらつけくわえた。「でも、ルビーって小娘は好きになれなかったな」

アデレード・ジェファースンがいった。

「もうすこしちがうタイプのお嬢さんならよかったんですけど。ジェフには、名付け親になってあげた子が二人いました。そのどちらかの子だったら——誰も文句はいわなかったと思います」かすかな恨みをにじませて、もう一言つけくわえた。「それに、ピーターのことだって、とてもかわいがってくれていたのに」

「ほんとねえ」バントリー夫人はいった。「ピーターが最初のご主人とのあいだにできた坊っちゃんだってことは、昔から知ってたけど——でも、すっかり忘れていたわ。ジェファースンさんの実のお孫さんみたいな気がして」

「わたしもです」アデレードがいった。その声の響きに、ミス・マープルは思わず椅子のなかで身体の向きを変え、彼女をみつめた。

「ジョージーがいけないんだ」マークがいった。「ジョージーがあの女を呼び寄せたりしたから」

アデレードはいった。

「そうね。でも、まさか、ジョージーがわざとやったなんて思ってやしないでしょ？ あなた、以前からジョージーがお気に入りだったじゃない」

「うん、気に入ってたよ。気っぷのいい女だと思ってた」

「彼女がルビーを呼んだのは偶然にすぎないわ」

「ジョージーはけっこう頭の切れる女だけどな」

「ええ。でも、彼女だって、まさかこんなことになるとは――」

マークはいった。

「うん、予想もできなかっただろう。それは認めるよ。ぼくだってべつに、ジョージーが最初から計算づくだったなんて非難してるわけじゃないんだ。けど、ぼくらよりずっと早く風向きに気づいていながら、それを黙ってたのはまちがいない」

アデレードがためいきをついていった。

「だからって、ジョージーを責めることはできないわ」マークはいった。「まあね、誰が何をしようと、他人にとやかくいう資格はないよな」

バントリー夫人が尋ねた。

「ルビー・キーンはかわいい子だったの？」

マークは夫人をみつめた。「すでに顔をごらんになったはずじゃ――」

バントリー夫人はあわてていった。

「え、ええ、見ましたとも――死顔を。でも、首を絞められてたから、かわいいかどうかまでは――」そこで身を震わせた。

マークは考えながらいった。

「本物のかわいらしさとは思えませんね。化粧を落とせば、たいしたことはなかったでしょう。イタチみたいな痩せこけた顔で、顎が小さく、歯並びが悪くて、鼻の格好も平凡で――」

「じゃ、みっともない子だったのね」バントリー夫人はいった。

「いや、そうはいってません。化粧をすれば、すごい美人に見えました。そう思わないかい、アディ」

「ええ、華やかに見せるのが上手だったわ。ピンクの口紅と白い肌で。目はきれいなブルーだったし」

「そうそう、その目で子供みたいに無邪気に相手をみつめるんです。黒いマスカラをたっぷりつけた睫毛が目の青さをひきたててました。金髪だったけど、あれはもちろん染めたものですよ。考えてみれば、ああいう色に染めてたおかげで、ぼくの妻のロザモンドにどこか似た感じがあったのかもしれません。義父はおそらく、それでルビーに惹かれたんでしょう」

マークはためいきをついた。

「まったく、いやな事件ですねえ。こんなことといいたくないんですが、ルビーが死んでくれて、アディもぼくもほっとして——」

マークは義理の姉が抗議しようとするのを黙らせた。

「止めても無駄だよ。きみがどんな気持ちか、ぼくにはわかるんだ。こっちも同じ気持ちだから。うわべだけ繕う気にはなれないね！　だけど、その一方で、こんな事件に巻きこまれてしまったジェフのことが心配でならないんだ。ジェフにとって大きなショックだったからね。ぼくは——」

マークは急に黙りこみ、ラウンジから外のテラスに通じるドアのほうをみつめた。

「これは、これは——珍しい人がきた。きみも節操のない人だね、アディ」

アデレードは肩越しにふりかえり、あっと叫んで立ちあがった。頬にかすかな血の色がのぼっていた。急ぎ足でテラスを横切り、細くて浅黒い顔をした背の高い中年男性があたりをきょときょと見まわしているところへ行った。

バントリー夫人がいった。「あの方、ヒューゴ・マクリーンじゃなくて？」

マーク・ギャスケルが答えた。

「そう、ヒューゴ・マクリーンです。またの名をウィリアム・ドビン（サッカリーの小説『虚栄の市』に登場する好人物）」

バントリー夫人が小声でいった。

「とても誠実な方なんでしょ？」

「まるで忠犬ですよ。アディが口笛を吹きさえすれば、世界のどんな辺鄙な場所からでも飛んでくる。いつか彼女が結婚してくれることを、ずっと夢見ているんです。いずれはそうなるでしょう」

ミス・マープルは微笑ましげな目で二人の姿を追った。

「なるほど。恋愛中なのね」

「古き良き時代の恋愛ですよ」マークはいった。「もう何年も求愛がつづいてます。アディってのはそういう女なんです」

彼は考えこみながら、さらにつづけた。「たぶん、けさ、あの男に電話したんでしょう。ぼくには一言もいわなかったけど」

エドワーズが控えめな足どりでテラスを歩いてきて、マークの横で立ち止まった。

「恐れ入りますが、ジェファースンさまがお呼びです」

「すぐ行く」マークはさっと立ちあがった。

みんなに会釈をし、「じゃ、またあとで」といって立ち去った。

サー・ヘンリーがミス・マープルのほうに身を乗りだして尋ねた。

「さて、今度の事件で得をした主要人物たちをどう思われます?」

ミス・マープルは古くからの友達と立ち話をしているアデレード・ジェファースンのほうを見やって、思慮深い口ぶりで答えた。

「そうですねえ、あの方はきっと、とても愛情深い母親なんでしょうね」

「ええ、そうよ」バントリー夫人がいった。「ピーターのことを目のなかに入れても痛くないほどかわいがってるわ」

「ああいう人は」ミス・マープルはいった。「誰からも好かれるものです。何回でも結婚できるタイプの女性ですね。男好きのする女という意味ではありませんよ。それとはまったくちがいます」

「わかるような気がします」サー・ヘンリーがいった。

「要するに、お二人がおっしゃりたいのは」バントリー夫人がいった。「アディは人の話をきくのが上手だってことなんでしょ」

サー・ヘンリーは笑いだした。

「では、マーク・ギャスケルは？」

「そうねえ」ミス・マープルは答えた。「油断のならない男ですね」

「似たようなタイプが村にもいますか」

「建設業をやってるカーギルさんかしら。家の修理などを頼まれると、口先三寸で相手を丸めこんで、向こうが望んでもいないようなところにまであれこれ手を加えるんです。しかも、請求金額の高いこと！　でも、いつだって、その金額にもっともな説明をつけるんですからね。油断のならない男。お金持ちの娘と結婚しました。ギャスケルさんもきっとそうだと思いますよ」

「彼のことがお気に召さないようですな」

「いえ、そんなことありません。女性に好かれるタイプですね。でも、向こうはわたしのことが気に入らないみたい。とても魅力的な男性だと思います。でも、ちょっと軽率かもしれませんね。思ったことをそのまま口に出すんですもの」

「軽率ねえ……まさしく」サー・ヘンリーはいった。「もっと注意しないと、みずから災厄を招くことになりかねませんな」

白いフランネルを着た長身の青年がテラスへの階段をのぼってきて、ほんの一瞬足を止め、アデレード・ジェファースンとヒューゴ・マクリーンをみつめた。

「そして、あの男も」サー・ヘンリーが親切に解説した。「未知数です。利害関係を持つ人物かもしれません。テニスとダンスのプロで、ルビー・キーンと組んで踊っていたレイモンド・スターです」

ミス・マープルは興味津々の表情で彼をみつめた。

「ずいぶんハンサムですこと」

「そうもいえますな」

「バカなことおっしゃらないで、サー・ヘンリー」バントリー夫人がいった。「〝そうもいえる〟だなんて、とんでもない。誰が見たってハンサムですわ」

ミス・マープルは声をひそめていった。

「ジェファースンの若奥さまはテニスのレッスンを受けてらっしゃるんでしょ。ご本人がそういってらしたように思います」

「それに何か意味があるの、ジェーン？」

ミス・マープルがこのあけすけな質問に答えるチャンスはなかった。ピーター・カーモディ少年がテラスの向こうから彼らのところにやってきたからだ。サー・ヘンリーに話しかけた。

「ねえ、おじさんも警察の人なんでしょ？　ぼく、おじさんが警視さんとしゃべってるのを見たんだ。あの太った人、警視さんだよね？」

「そうだよ、坊や」

「でね、誰かがいってたよ――おじさんはロンドンからきたすごく偉い警察官なんだって。ロンドン警視庁の総監か何かだって」

「本に登場するロンドン警視庁の総監は、たいてい大バカ者なんだがねえ」

「そんなことないよ。最近はちがうんだ。警察をバカにするのは時代遅れなんだよ。殺人事件の犯人、もう見つかった？」

「残念ながら、まだだよ」

「ピーターったら、この事件が楽しくてならないようね」バントリー夫人がいった。

「うん、けっこうおもしろい。気分転換になるもん。手がかりが見つからないかと思って、あちこち嗅ぎまわってみたけど、まだ収穫なし。けど、記念品を見つけたよ。見せたげようか。ママに見せたら、捨てろっていうんだ。親って、ほんと、むかつくことがあるよね」

少年はポケットから小さなマッチ箱をとりだした。箱を押しあけて、貴重な中身を披露した。

「ほら、爪だよ。ルビーの爪！　ぼく、これに〝殺された女の爪〟って書いたラベルを貼って、学校に持ってくんだ。すてきな記念品だと思わない？」

「どこで見つけたの？」ミス・マープルが尋ねた。

「うん、ちょっとした幸運てとこかな。だって、そのときは、ルビーが殺されるなんて思ってもいなかったもん。きのうの夕食前のことなんだけど、ルビーの爪がジョージーのショールにひっかかって、折れちゃったもんだから、ママがその爪を切ったげて、ぼくによこして、くずかごに捨てるようにいったの。ぼく、捨てるつもりだったけど、とりあえずポケットに入れといたんだ。けさ思いだしてポケットを見てみたら、爪がまだそこにあったんで、記念品としてとっとくことにしたんだ」

「気味の悪いこと」バントリー夫人がいった。

ピーターは行儀よくきいた。「えっ、そう思います？」

「ほかに記念品はないのかね」サー・ヘンリーが尋ねた。

「さあ、よくわかんない。記念品になるかもしれないものはあるけど」

「教えてくれないかな、坊や」

ピーターは考えこむ様子でサー・ヘンリーを見た。それから、封筒をとりだした。封筒のなかから、茶色っぽい紐のようなものをつまみだした。

「これ、あのジョージ・バートレットってお兄ちゃんの靴紐の切れ端だよ」と説明した。

「けさ、靴が部屋の外に出てるのを見て、念のために、ちょっとだけもらっといたの」

「念のため？」

「そうだよ。あのお兄ちゃんが犯人かもしれないから。だって、ルビーに最後に会った人だし、どんな探偵小説でも、最後に会った人っていうのがいちばん怪しいでしょ。ねえ、もうじき夕ごはんの時間だよね？　ぼく、もうお腹ぺこぺこ。お茶の時間から夕ごはんまでの時間って、いつもすごく長いんだもん。あっ、ヒューゴおじさんだ。ママがおじさんを呼んだなんて知らなかった。ぜったいママが呼んだんだよ。何か困ったことがあると、すぐ呼ぶんだ。おや、ジョージーがこっちにくる。ハイ、ジョージー！」

テラスを歩いてきたジョゼフィン・ターナーはバントリー夫人とミス・マープルに気づいて立ち止まり、ギクッとした顔で二人を見た。

バントリー夫人がにこやかに声をかけた。

したのよ！」

「ご機嫌いかが、ミス・ターナー。わたしたち、探偵ごっこをしに、こちらにまいりました」

ジョージーはうしろめたそうな視線を周囲に投げた。声をひそめた。

「恐ろしいことになってしまって。でも、まだ誰も知らないんです。だって、新聞にも出てないし。そのうち、みんなから質問攻めにされるでしょうね。考えただけでぞっとします。なんて答えればいいのかわからないわ」

ジョージーが苦悩の視線をミス・マープルに向けると、ミス・マープルはこう答えた。

「ほんとにねえ。とてもつらい立場に立たされることになるでしょうね」

ジョージーはこの同情の言葉に元気づけられた。

「プレスコット支配人から、事件の話はしないようにっていわれたんです。そりゃ、いうだけなら簡単だけど、みんなから質問攻めにあうのはあたしなんだし、それをつっぱねるわけにはいかないし。そうでしょ？ いつもどおりに仕事をこなしてほしいって、支配人がいうんです——それに、事件のことでちょっと頭にきてるみたい。あたしもいっしょうけんめいやるつもりですけどね。なんでこっちだけが責められなきゃいけないのか、まったく理解できないわ」

サー・ヘンリーがいった。

「率直な質問をしてもよろしいかな、ミス・ターナー」

「ええ、なんでもお尋ねください」ジョージーはあまり誠意の感じられない口調でいった。

「今度のことで、あなたと、ジェファースン夫人と、ギャスケル氏のあいだが気まずくなるようなことはなかったですか」

「殺人事件のせいでって意味？」

「いや、事件そのものではなくて」

ジョージーは立ったまま指をからみあわせていた。やや不機嫌な声で答えた。

「そうね、あったような、なかったような……。二人とも口に出しては何もいわないのよ。でも、あたしを非難してるのはたしかだわ——ルビーがジェファースンさんのお気に入りになったものだから。でも、あたしの責任じゃないわ、そうでしょ。世の中にはそういうこともありますから。ただ、あたしだって、そんなことになるとは夢にも思ってなかったの。びっくりして、もう呆然とするばかり」

彼女の言葉には、まぎれもない真剣な響きが感じとれた。

サー・ヘンリーがやさしくいった。

「さぞ驚かれたことでしょう。しかし、養女の話が持ちあがったときのお気持ちは？」

ジョージーはつんと顎をあげた。

「そうね、運が向いてきたと思ったわ。そうでしょ？　誰だって幸運をつかむ権利はあるんですもの」

ジョージーはやや反抗的に問いかけるような表情で一人一人を見まわしてから、テラスを横切ってホテルに入っていった。

ピーターが裁判官のような口調でいった。

「犯人はジョージーじゃなさそうだな」

ミス・マープルがつぶやいた。

「興味がありますね、あの爪。爪のことをどう説明すればいいのかと、ずっと気になってたんです」

「爪？」サー・ヘンリーがきいた。

「殺された女の爪ですよ」バントリー夫人が説明した。「とても短かったの。たしかに、ジェーンにそういわれてみれば、ちょっと変よねえ。ああいう女って、たいてい、猛禽みたいな爪をしてるものでしょ」

ミス・マープルがいった。

「でも、爪のひとつが折れれば、ほかのもそれに合わせて短く切るでしょうね。彼女の部屋から、切った爪が見つかりませんでした?」

サー・ヘンリーは好奇心いっぱいの顔でミス・マープルを見た。

「ハーパー警視がもどってきたら、尋ねてみましょう」

「どこからもどってらっしゃるの?」バントリー夫人がきいた。「まさか、ゴシントンへいらしたんじゃないでしょうね」

サー・ヘンリーは重い口調で答えた。

「いや。もうひとつ悲劇がおきたのです。石切場で車が炎上して――」

ミス・マープルが息を呑んだ。

「なかに誰かいませんでした?」

「いたようです――ええ」

ミス・マープルは考えこみながらいった。

「行方不明になってるガールガイドの団員じゃないかしら――ペイシェンス――いえ、パメラ・リーヴズ」

サー・ヘンリーは彼女を凝視した。

「なぜそうだとお考えなのですか、ミス・マープル」

ミス・マープルはほんのり頬を染めた。

「じつは、パメラがきのう家を出たきり帰ってこないというニュースを、ラジオでやってたんです。家はデインリー・ヴェイルですから、ここからそう遠くありません。パメラの姿が最後に目撃されたのは、デインベリー・ダウンズでひらかれたガールガイド大会の会場でした。このすぐ近くです。家に帰るには、このデーンマスを通らなくてはならないはずです。ね、これでぴったり合いますでしょう？　つまり、目にしてはいけないもの、耳にしてはいけないものを、彼女が見たり、きいたりしてしまったのかもしれません。そうなれば、いうまでもなく、犯人にとって危険な存在になるのですから、彼女を——始末する必要が生じるわけです。こんな事件が二つもつづけば、関連があるに決まっています。そうお思いになりません？」

サー・ヘンリーはすこし声を落としていった。

「すると——これもやはり殺人だと？」

「もちろんです」ミス・マープルの静かな落ち着いた視線が彼に向けられた。「一人殺してしまえば、二人目を殺すのにためらいはないでしょう。悪くすれば、三人目だって」

「三人目？　まさか、三つ目の殺人がおきると思っておられるんじゃないでしょうな」

「ありえなくはないと思います……いえ、その可能性はかなり高いでしょう」

「ミス・マープル」サー・ヘンリーはいった。「あなたにはギョッとさせられますよ。つぎに誰が殺されるか、ご存じなのですか」

ミス・マープルは答えた。「見当はついています」

第十章

1

ハーパー警視は立ったまま、焼けただれてねじれた金属の残骸をみつめていた。全焼した車というのは、つねに無惨なものだ。たとえ、黒焦げの死体という陰惨な重荷が加わっていなくとも。

ヴェンの石切場は辺鄙な場所にあり、人家から遠く離れていた。デーンマスから直線距離にしてわずか三キロだが、そこへ行くには、車のわだちがついている曲がりくねった狭い道を通るしかない。こんな道を使うのは荷馬車ぐらいなもので、その先には石切場があるだけだ。石切場が使われていたのはずいぶん昔のことで、いまでは、この小道を通るのはブラックベリーを摘みにくる連中だけになっている。車を捨てる場所としては理想的といえよう。空を染める炎の色を、仕事に行く途中のアルバート・ビグズという労働者が目にするという偶然がなかったら、この車はたぶん、何週間も発見されないままだっただろう。

アルバート・ビグズは現場にぐずぐず居残っていた。話すべきことはもうとっくに話してしまったのだが、思いつくままに尾ひれをつけながら、ぞっとする物語を何度もくりかえしていた。

「いやあ、わが目を疑っちまったよ。なんだ、ありゃって、思わずつぶやいたね。空がぼうっと明るいんだ。上のほうまで。焚火かもしれねえって思ったが、ヴェンの石切場で焚火するやつがどこにいる？　そうだ、きっと大火事だ。けど、火元はいってえどこなんだ？　そっちの方角には、家も農場もねえってのに。ヴェンの石切場だ。火の手はそっからあがってるにちげえねえ。おら、どうすればいいのかわかんなくてよ、そしたらちょうど、グレッグ巡査が自転車でやってくるのが見えたんで、話をしたんだ。そのころにゃ、火はすっかり消えちまってたけど、どのあたりが燃えてたかをおまわりさんに話してな、〝あっちの方角だった。空が真っ赤に燃えあがってよ。積みわらかもしんねえ。どっかの浮浪者が火をつけたんじゃねえのかなあ〟っていったんだ。けど、車が燃えたなんて思いもしなかった。ましてや、そのなかで人間が生きたまま焼き殺されたなんてねえ。おっかねえこった、くわばらくわばら」

グレンシャー州警察は大忙しだった。警察医が検証を始める前に、カメラのフラッシュが焚かれ、黒焦げの死体の位置が丹念に記録された。

警察医が唇をいかめしくひき結び、手についた黒い煤を払いながら、ハーパー警視のところにやってきた。

「完全に焼けてるね」といった。「原形をとどめてるのは片脚の一部と靴の片方だけだ。個人的な意見をいうなら、いまの時点では男か女かも判別できないが、骨格を調べれば、何か手がかりが得られると思う。ただ、靴は黒で、ストラップがついている——女学生がよくはいてるやつだ」

「となりの州で、女学生が一人行方不明になっている」ハーパーはいった。「このすぐ近くだ。十六歳ぐらいの女の子」

「たぶんその子だな」警察医はいった。「かわいそうに」

ハーパーは心配そうに尋ねた。「まさか、生きたまま——？」

「いや、それはないと思う。逃げようとした形跡がないからね。死体はシートにどさっと放り投げられ、片脚が車の外につきでていた。車に投げこまれたときには、すでに死亡していたものと思われる。そして、証拠を消すために、車に火がつけられた」

警察医は黙りこみ、そして尋ねた。

「しばらく残ってたほうがいいかね」

「いや、もういいと思う。お疲れさん」

「じゃ、帰らせてもらうよ」

警察医は大股で彼の車のほうへ去っていった。ハーパーは巡査部長の一人——自動車関係の事件を専門に扱っている刑事——がせわしげに捜査をしている場所まで行った。

巡査部長が顔をあげた。

「明らかに放火です、警視。車にガソリンをかけてから、火をつけたんです。向こうの生け垣のところに、空になったガソリン容器が三個ころがってます」

すこし離れたところでは、べつの刑事が車の残骸から回収された小さな品々を丹念により分けていた。焼けただれた黒の革靴が片方と、そのそばに、黒焦げになった何かの破片があった。ハーパーが近づくと、刑事が顔をあげて叫んだ。

「これを見てください。決定的証拠になりそうです」

ハーパーはその小さな破片を手にとった。

「ガールガイド団員の制服についてるボタン？」

「そうです」

「なるほど。これで決まりだな」

警視は人格者であり、気のいい男だったので、かすかに胸が痛くなった。最初はルビー・キーン、今度はこのパメラ・リーヴズという少女。

胸のなかで、前につぶやいた言葉をくりかえした。

「グレンシャーはどうなってしまったんだ」

警視のつぎの行動は、まず自分のところの警察本部長に電話を入れ、つぎにメルチェット大佐に連絡をとることだった。パメラ・リーヴズの死体が発見されたのはグレンシャー州だが、失踪したのはラドフォードシャー州だったからだ。

このあとに待っている仕事は楽しいものではなかった。パメラ・リーヴズの父親と母親に知らせにいかなくてはならない……。

2

ハーパー警視は玄関の呼鈴を鳴らしながら、愁いに沈む目でブレイサイド荘の正面を見あげた。

こぢんまりした瀟洒な住宅。一エーカー半ほどのきれいな庭がついている。この二十年ほどにわたって、あちこちの田園地帯に数多く建てられてきたタイプの住宅だ。退役軍人、停年退職した役人――そういう人々が住むにふさわしい家。親切で品のいい人々。しいて欠点を挙げるとすれば、いささか退屈な連中だというぐらいだ。わが子の教育にはできるかぎりの金をつぎこむ。悲劇とは縁もゆかりもない人々。なのに、いま、この夫婦に悲劇が襲いかかった。警視はためいきをついた。

すぐさま居間に通された。半白の口髭を生やしたこわばった表情の男と、目を赤く泣き腫らした女が、弾かれたように立ちあがった。リーヴズ夫人がすがるように叫んだ。

「パメラのことで何か？」

そして、警視の憐れみに満ちた視線に殴打されたかのように、身をすくませた。

ハーパーはいった。

「残念ながら、悲しい知らせをお伝えしなくてはなりません」

「パメラが――」女の声が震えた。

リーヴズ少佐がこわばった声できいた。

「何かあったんですか――あの子に」

「はい」

「死んだということですか」

リーヴズ夫人が思わず叫んだ。

「そんな……うそ、うそよ」わっと泣きくずれた。リーヴズ少佐が妻の身体に腕をまわして抱き寄せた。彼は唇を震わせつつも、物問いたげにハーパーをみつめた。ハーパーはうなだれた。

「事故ですか」

「いや、事故ではなくて……。石切場に乗り捨てられていた車が全焼して、そのなかで発見されたのです」

「車のなかで？　石切場？」

その驚愕は傍目にも明らかだった。

リーヴズ夫人は打ちのめされて、くずれるようにソファにすわりこみ、激しく泣きじゃくった。

ハーパー警視はいった。

「落ち着かれるまで、しばらく待ちましょうか」

リーヴズ少佐は鋭くいった。

「どういうことです？　犯罪に巻きこまれたんでしょうか」

「そのように見受けられます。そこで、いくつかお尋ねしたいことがあるんです。お辛いとは思いますが」

「いやいや、ご心配なく。いまおっしゃったことが事実なら、時間を無駄にしてはなりません。だが、どうにも信じられない。パメラみたいな子を傷つけようなどと思う人間がどこにいるのだ」

ハーパーは感情を表に出さずにいった。

「お嬢さんの失踪当時の状況については、すでに地元の警察に連絡しておられますね。お嬢さんはガールガイドの大会に出席するために家を出た。夕食までに帰宅するはずだった。そうですね」

「はい」

「帰りはバスで？」

「はい」

「ガールガイド仲間の話によると、大会が終わったあと、お嬢さんはデーンマスへ行って〈ウルワース〉に寄り、もうすこし遅いバスで家に帰るとおっしゃったそうです。そういうことは、ふだんからよくあったんでしょうか」

「はい、ありました。パメラは〈ウルワース〉が大好きだったので。たびたび、デーンマスまで買物に出かけていました。本通りにバスの停留所があるんです。ここからほんの四百メートルほどのところに」

「あなたがご存じのかぎりでは、お嬢さんにそれ以外の予定はなかったのでしょうか」

「ええ、何も」

「デーンマスで誰かに会う約束はありませんでしたか」

「いえ、断じてありません。あれば、わたしにいったはずです。夕食には帰宅するものと思っていました。なのに、ずいぶん遅くなっても帰ってこないので、警察に電話したんです。無断で遅くなるなんて、あの子に似合わないことですから」

「好ましくない友達とつきあっていたというようなことは？――つまり、親が交際を禁じるような友達ですが」

「いいえ、そんな問題がおきたことは一度もありません」

リーヴズ夫人が涙ながらにいった。

「パムはまだほんの子供だったんですよ。年のわりに幼い子で。ゲームや何かが好きでした。ませたところなんて、まったくありませんでした」

「デーンマスのマジェスティック・ホテルに滞在中のジョージ・バートレットという青年をご存じないでしょうか」

リーヴズ少佐はきょとんとした。

「きいたこともありません」

「お嬢さんがその青年を知っていたとは考えられませんか」

「ありえませんね」

少佐は語気鋭くつけくわえた。「その青年にどういうかかわりが？」

「お嬢さんの死体はミノアン14という車のなかで発見されたのですが、その所有者が彼でして」

リーヴズ夫人が叫んだ。「じゃ、きっとその男が——」

ハーパーはあわてていった。

「バートレット青年はけさ早く、車の盗難を警察に届けています。きのうの昼食どきにはマジェスティック・ホテルの中庭にあったそうです。おそらく、誰かが無断で乗っていったのでしょう」

「だったら、乗っていった人を誰かが見てるんじゃありません？」

警視は首を横にふった。

「一日じゅう、何十台という車が出入りしてますからね。おまけに、ミノアン14はごくありふれた車種ですし」

リーヴズ夫人は泣きだした。

「でも、何もしてくださらないの？　こんな――こんなことをした悪魔を――つかまえてくださらないの？　大事な娘――ああ、大事な娘なのに！　あの子、まさか、焼き殺されたんじゃないでしょうね。ああ、パム、パム……！」

「苦しまなかったと思いますよ、奥さん。これだけははっきり申しあげられますが、車に火が放たれる前に、お嬢さんはすでに死亡しておられました」

　リーヴズ少佐がこわばった声で尋ねた。

「どのようにして殺されたのでしょう」

　ハーパーは意味ありげな視線を少佐に送った。

「その点はわかりません。火に包まれたため、証拠がすべて消えてしまったのです」

　そう答えて、ソファで泣きくずれている夫人のほうを向いた。

「奥さん、警察は捜査に全力をあげています。コツコツ調べているところです。いずれ、きのうデーンマスでお嬢さんを見かけた人が見つかるでしょう。お嬢さんが誰と一緒だったかもわかるでしょう。それには時間がかかります。ガールガイド団員を見かけたという通報がありとあらゆる場所から、何十も、いや、何百も入ってくるでしょう。忍耐強く取捨選択せねばなりません――だが、最後にはかならず真相をつきとめてみせます。どうかご心配なく」

リーヴズ夫人がきいた。

「どこに――あの子、どこにいるんです。会わせてもらえないんですか」

ハーパーはふたたび、夫の視線をとらえた。こういった。

「警察医のほうでお預かりしています。ご主人にいまから一緒にきていただいて、手続きをすませてもらいたいのですが。奥さんはそのあいだに、お嬢さんのおっしゃったことを、なんでもいいから思いだしてください。そのときはべつに気に留めなかったけれど、ひょっとすると何かの手がかりになるかもしれない、というようなことを。どういう意味かわかりますね――なにげない一言でもいいんです。そうしていただけると本当に助かります」

警視と一緒にドアのほうへ行きかけたとき、リーヴズ少佐が写真を指さしていった。

「あれが娘です」

ハーパー警視はその写真をじっとみつめた。ホッケーチームの写真だった。リーヴズはチームの真ん中にいるパメラを指さした。

（かわいい子だ）お下げ髪の少女の生真面目な顔を見ながら、警視は思った。

車のなかで黒焦げになっていた死体を思いだして、彼の唇がキッと結ばれた。

パメラ・リーヴズ殺害事件をグレンシャー州警察の迷宮入り事件のひとつにするよう

なことは断じてしないと、心に誓った。

ルビー・キーンの場合は自ら招いた災いといえなくもないと、警視は心ひそかに思っていたが、パメラ・リーヴズについてはまったく事情がちがう。典型的な〝いい子〟だ。パメラを殺した男もしくは女を見つけるまで、彼の心が安らぐことはないだろう。

第十一章

その一日か二日後、メルチェット大佐とハーパー警視は大佐のデスクをはさんで向かいあっていた。打ち合わせのため、ハーパーがマッチ・ベナムにやってきたのだ。

メルチェットは暗い声でいった。

「うーん、捜査の進展状況はわかっているのだが——いや、停滞状況というべきか！」

「〝停滞状況〟のほうが合ってますね」

「二つの死の謎を解かなくてはならん」メルチェットはいった。「二つの殺人事件。ルビー・キーンと、パメラ・リーヴズという少女。身元を識別するための手がかりはほとんどないが、それでも充分だ。焼け残った靴は父親の証言によってパメラのものと特定されたし、ガールガイドの制服のボタンもある。なんともむごい事件だ」

ハーパー警視はとても低い声でいった。

「おっしゃるとおりです」

「車に火がつけられる前に死亡していたことは確実なので、わたしも多少ほっとしているのだが。シートに投げだされていたあの格好からすれば、それはまちがいない。たぶん、頭を強打されたんだろう、かわいそうに」

「あるいは、絞殺かもしれませんよ」ハーパーはいった。

メルチェットは鋭い目を彼に向けた。

「きみはそう見てるのか」

「ええ、まあ、そういう殺人者もいますからね」

「そうだな。被害者の両親に会ってきた。母親は気の毒に、身も世もあらぬ嘆きようだ。まったく残忍な事件だからな。ここではっきりさせておかなきゃならんのは——二つの殺人事件に関連があるかどうかだ」

「ぜったいあると思います」

「わたしもそう思う」

警視は指を折りながら、要点を挙げていった。

「パメラ・リーヴズはデインベリー・ダウンズでひらかれたガールガイド大会に参加し

ました。友達の話ですと、ふだんと変わったところはなく、明るかったそうです。帰るときは、友達三人と一緒にメドチェスター行きのバスに乗ることはせずに、デーンマスへ行って〈ウルワース〉に寄り、そこからバスで家に帰るといいました。ダウンズからデーンマスへ行く幹線道路は大きくカーブして奥のほうを通っています。パメラ・リーヴズは近道をして野原を二つ越え、小道を通って、マジェスティック・ホテルの近くにあるデーンマスまで行こうとしたのでしょう。じつをいうと、その小道はホテルのすぐ西側を通っています。ゆえに、彼女が何かを——ルビー・キーンと関係のある何かを——目にするか、耳にはさむかした可能性はあるわけです——それは犯人にとって危険なことです——たとえば、犯人があの夜十一時にルビー・キーンと会う約束をしていたのを、パメラがきいてしまったのかもしれない。犯人はこの女学生に立ちぎきされたことを知り、彼女を黙らせるしかなくなった」

メルチェット大佐はいった。

「それはつまり、ルビー・キーンの殺害があらかじめ計画されていたということだね。一時の激情に駆られた犯行ではなくて」

ハーパー警視はうなずいた。

「ぜったいそうだと思います。一見、その逆のように——激情もしくは嫉妬に駆られて、いきなり暴力をふるったように――見えますが、どうもちがうような気がしてきました。でないと、リーヴズ家の娘が殺された事件の説明がつきませんからね。もしパメラ・リーヴズが犯行を目撃したのなら、それは夜の遅い時間だったことになります。午後十一時ごろですね。しかし、パメラはなぜまたそんな時刻に、マジェスティックの付近をうろついていたんでしょう。九時にはすでに、娘が帰ってこないというので両親がおろおろしてたんですよ」

「もうひとつ考えられるのは、パメラは親にも友達にも内緒で誰かに会うためにデーンマスへ行っただけで、彼女の死とルビーの殺害にはなんの関係もなかったという線だ」

「なるほど。ですが、わたしにはそうは思えません。ほら、あのミス・マープルとかいう老婦人だって、すぐさま、関係があるといったじゃないですか。焼けた車のなかの死体は行方不明のガールガイド団員かもしれない――そういったんですよ。頭の切れる老婦人だ。ときどき、そういう年寄りがいるんですよね。じつに鋭い。急所をズバッと指摘する」

「ミス・マープルがその才能を発揮したのは、一度や二度じゃないんだよ」メルチェット大佐は冷静にいった。

「それに加えて、車のこともあります。その点だけでも、パメラ・リーヴズの死とマジェスティック・ホテルとの結びつきは決定的だと思います。ジョージ・バートレット青年の車だったのですから」

ふたたび、二人の視線がからみあった。メルチェットはいった。

「ジョージ・バートレットか。ひょっとすると……。きみはどう思う？」

ハーパー警視はふたたび、いくつかの点を几帳面に挙げていった。

「ルビー・キーンの姿が最後に目撃されたのは、ジョージ・バートレットと一緒にいたときでした。彼はルビーが部屋にもどったといっていますが——彼女の着ていた服が部屋で発見されたことがそれを裏づけています——ルビーが部屋にもどって着替えたのは、彼と一緒に出かけるためだったんじゃないでしょうか。もっと早い時間に、たとえば夕食前に、二人で出かける約束をしたか、その相談をするかしていて、パメラ・リーヴズが偶然それを耳にしたのかもしれません」

メルチェットはいった。「バートレットが車の盗難を届けでたのは翌朝になってからだったし、そのときの説明はかなり曖昧で、車を最後に見たのがいつだったかもよく思いだせないような口ぶりだった」

「それがやつの利口なところかもしれません。間抜けなふりをしているきわめて頭のいい男か、もしくは——まあ、正真正銘の間抜けか、どちらかですね」

「われわれに必要なのは」メルチェットはいった。「動機だ。だが、いまのところ、バートレットがルビー・キーンを殺す理由はまったく見当たらない」

「はい――警察は毎回これで苦労するんですよ。動機。ブリクスウェルの〈パレ・ド・ダンス〉からの報告はすべて空振りでしたっけ？」

「なんの収穫もなし！　ルビー・キーンには、特別な男友達は一人もいなかった。スラックが徹底的に調べてくれた。その努力は認めてやってくれ。徹底的にやる男だからな」

「たしかにそうです。徹底的って言葉がぴったりだ」

「探りだすべき材料があれば、スラックのことだから、とっくに探りだしてるはずだ。だが、何も出てこない。彼女とよく一緒に踊っていた客のリストをスラックが作成した――綿密に調べた正確なリストだ。まともな連中ばかりで、全員、あの夜のアリバイがあった」

「やれやれ」ハーパー警視はいった。「アリバイですか。まったく、アリバイには苦労させられます」

メルチェットが鋭い目で彼を見た。「ほう、そうかね。その方面の捜査はきみに任せたはずだが」

「はい。目下、捜査を進めているところです——徹底的に。ロンドンのほうへも協力を要請しました」

「それで？」

「コンウェイ・ジェファースン氏は、ギャスケル氏もジェファースン夫人も裕福に暮らしていると思っておられるようですが、じつはちがうんです。二人ともかなり金に困っています」

「本当に？」

「そうなんです。コンウェイ・ジェファースン氏が前にいわれたように、息子さんと娘さんの結婚にさいして、氏はかなりの額の財産を譲渡しています。しかし、もう十年以上も前のことですからね。息子さんは自分のことを投資の名人だと思っていました。無謀な事業に投資したことは一度もないのですが、運が悪くて、判断を誤ったことが何度かありました。資産が徐々に目減りしていきました。未亡人はおそらく、生計を立てるにも、息子をいい学校へやるにも、苦労していることでしょう」

「だが、舅に援助を求めたわけではないんだね」

「はい。舅のもとで暮らしていますから、日々の生活費はかからないはずです」

「また、ジェファースン氏は健康状態が思わしくなくて、そう長生きはできそうにないんだね」

「そのとおりです。さて、マーク・ギャスケル氏に移りましょう。あの男は根っからのギャンブル狂です。妻の財産をまたたくまになくしてしまいました。いまは借金で首がまわらない状態です。喉から手が出るほど金をほしがっています——それも莫大な金を」

「どうも、最初からあの男の顔つきが気に食わなかった」メルチェット大佐はいった。「どこかすさんだ感じで。そうか、やつには然るべき動機があったわけだ。二万五千ポンドのためなら、あの女を殺そうという気にもなるだろう。うん、立派な動機だ」

「二人とも動機があったわけです」

「ジェファースン夫人は関係ないと思うがね」

「はあ、そのお気持ちはわかります。それはさておき、二人にはアリバイがあるんです。その点からすると、二人の犯行ではありえません。ぜったいに」

「あの晩の二人の行動について、くわしい供述をとったのかね」

「はい、とりました。まずは、マーク・ギャスケルのほうから。舅やジェファースン夫人とともに夕食をとり、食後のコーヒーを飲んでいたら、そこにルビー・キーンが加わりました。彼はそのあと、手紙を書かなくてはならないといって席をはずしました。ですが、本当は、自分の車に乗って海岸のほうへドライブに出かけていたのです。正直に打ち明けてくれたところによりますと、一晩じゅうブリッジの相手をさせられてはたまらないと思ったそうです。ジェファースン氏がブリッジに凝ってるものですから。で、手紙を口実に逃げだしたってわけです。ルビー・キーンはその場に残っていました。彼女がレイモンドと踊っていたときに、マーク・ギャスケルが席にもどってきました。ダンスが終わると、ルビーがやってきて、みんなと酒を飲み、そのあとバートレット青年と踊りにいったので、ギャスケルたちはパートナーを決めてブリッジを始めました。それが十時四十分のことで、彼はその後、真夜中までテーブルを離れておりません。まちがいありません。誰もがそう証言しています。家族も、ウェイターも。ですから、彼の犯行ではありえません。ジェファースン夫人のアリバイも同じです。彼女もテーブルを離れてはおりません。容疑者の枠からはずれますね、二人とも」

メルチェット大佐は椅子にもたれ、ペーパーナイフでテーブルを軽く叩いた。

ハーパー警視はいった。

「これはもちろん、ルビーが十二時前に殺されたという前提に立っての話ですよ」

「ヘイドック医師がそうだといっていた。警察医として充分に信頼できる男だ。彼のいうことに、まちがいはない」

「死亡時刻の推定を狂わせる要素はいろいろあるでしょう——健康状態とか、特異体質とか」

「確認してみよう」メルチェットは腕時計に目をやり、受話器をとって、交換手に電話番号を告げた。「この時間なら、ヘイドックは自宅にいるにちがいない。ところで、ルビーが十二時すぎに殺されたと仮定したらどうなるね」

ハーパーは答えた。

「ギャスケルの犯行という可能性も出てきます。十二時をすぎてからは、人の出入りがけっこうありましたから。たとえば、ギャスケルがあの女とどこか外で会う約束をしていたとしましょう。時刻は——そうですね、十二時二十分ごろに。一分か二分ほどそっと抜けだして、ルビーを絞殺し、それから席にもどり、あとで死体の始末をする——翌朝早く」

メルチェットはいった。

「バントリー家の書斎に死体を投げこむために、五十何キロも車を飛ばしたというのかね。ばかばかしい。考えられんよ」

「はあ、そうですね」警視もすぐさま認めた。

電話が鳴った。メルチェットが受話器をとった。

「もしもし、ヘイドックかね。ルビー・キーンのことなんだが。ひょっとして、殺されたのが十二時すぎだったという可能性はないだろうか」

「前にいっただろ——犯行時刻は十時から十二時までのあいだだって」

「ああ、わかってる。だが、もうすこし延ばせないかな」

「いいや、延ばすのは無理だ。殺されたのは十二時前だとわたしがいえば、ぜったいに十二時前なんだ。医学上の証拠に干渉するのはやめてもらいたい」

「そりゃそうだが、何かこう、生理学上の要素なんかがあるんじゃないかね。わたしのいう意味はわかるだろ？」

「自分が何をいってるのか、あんたにわかってないってことは、わたしにもわかる。被害者は健康そのもので、異常な点はどこにもなかった。一言いっておくが、あんたらおまわりがどっかの哀れな男を勝手に犯人と決めつけて、その首にロープを巻こうとしたって、被害者の協力をあてにするのは無理だからな。まあ、そう怒りなさんな。こっちは警察のやり方をよく知ってんだ。そうそう、ついでにいっとくと、首を絞められたとき、あの女は意識がなかった——最初に薬を飲まされてたんだ。強い睡眠薬を。死因は絞殺だが、その前に薬で眠らされていた」ヘイドックは電話を切った。

メルチェットは憂鬱な声でいった。「やれやれ、だめか」

ハーパーがいった。

「わたしが目をつけてた有力容疑者がもう一人いるんですが——それもだめになってしまいました」

「どういうことだね。その容疑者とは？」

「厳密にいいますと、おたくの警察の担当ですね。名前はバジル・ブレイク。ゴシントン館の近くに住んでる男です」

「あの恥知らずの若造か！」バジル・ブレイクの傲岸不遜な態度を思いだして、大佐は眉をひそめた。「やつがどうかかわってくるのだ」

「ルビー・キーンと知りあいだったようです。マジェスティックによく食事にきて——あの女と踊ってました。ルビーの失踪を知ったときに、ジョージーがレイモンドになんといったか覚えておられますか。〝まさか、あの映画会社の男と出てったんじゃないでしょうね〟。彼女がいったのは、つまり、ブレイクのことだったんです。あの男はレンヴィル・スタジオに勤めてるんです。ジョージーだって、ルビーが彼に熱をあげてたんだと思いこんでなきゃ、そんなことというはずがありません」

「有望だな、ハーパー、きわめて有望だ」

「ところが、だめなんです。事件のあった夜、バジル・ブレイクはスタジオのパーティに出ていました。ほら、よくあるパーティですよ。八時にカクテルで始まって、だらだらつづいて、そのうち会場に煙草の煙が充満し、誰もが酔いつぶれてしまう。事情聴取をおこなったスラック警部の報告によると、ブレイクは夜中の十二時ごろにパーティ会場を出たそうです。十二時には、ルビー・キーンはすでに死亡してましたからね」

「その供述を裏づけられる人物はいるのかね」

「ほとんどの連中は——まあ、その——べろべろに酔ってたようです。ブレイクのバンガローに滞在中のあの若いご婦人——ミス・ダイナ・リー——だけが、彼の供述にまちがいはないといっています」

「あてになるもんか!」

「そうかもしれません。ただ、ほかのパーティ出席者からとった供述も、だいたいにおいてブレイクの供述と一致してるんです。時間の点が多少曖昧ではありますが」

「スタジオはどこにあるんだね」

「レンヴィルですか。ロンドンから南西へ五十キロほど行ったところです」

「うーむ——ここからも同じぐらいの距離だね」

「はい」

メルチェット大佐は鼻をこすった。おもしろくなさそうな声でいった。

「容疑者からはずすしかなさそうだな」

「わたしもそう思います。彼がルビー・キーンに熱をあげていたという証拠もありませんし。むしろ――」ハーパー警視はきどって咳払いした。「バンガローにいるあの若いレディに夢中のようです」

メルチェットはいった。

「やれやれ、残るは未知の人物〝X〟というわけか。スラックにもしっぽをつかむことのできない、まるっきり未知の人物！　ジェファースンの娘婿はルビー・キーンを殺したいと思っていたかもしれないが、実行するチャンスがなかった。息子の嫁も同じくだ。ジョージ・バートレットにはアリバイはないが、残念ながら動機もない。ブレイクの若造にはアリバイがあるし、動機がない。容疑者はこれですべてだ！　いや、待てよ、例のダンサーも数に入れなくては――レイモンド・スター。なんといっても、ルビーとしじゅう顔を合わせていたわけだし」

ハーパーはゆっくりといった。

「あの男がルビーに関心を持っていた様子はありません。もし関心があったのなら、すごい演技力というべきでしょう。しかも、はっきりしたアリバイがあるのです。十時四十分から十二時までのあいだ、何人もの女性と踊っていましたから、誰かしら目撃者がいるのです。彼に嫌疑をかけるのは無理だと思います」

「はっきりいって」メルチェット大佐はいった。「嫌疑をかけられる人間は誰もいない」

「いちばん怪しいのはジョージ・バートレットですね。動機さえ見つかればいいんですが」

「彼の身元を調べてみたかね」

「はい。お坊っちゃんですよ。母親に甘やかされて育ったんです。一年前に母親が亡くなって、莫大な遺産を相続しました。それを湯水のように使っています。悪辣というより、気弱な男ですね」

「精神的に不安定なタイプかもしれん」メルチェットは希望をこめていった。

ハーパー警視はうなずいた。

「こう思われたことはありませんか――それが事件を解決する鍵になるかもしれないと」

「心を病んだ犯罪者という意味かね」

「はい。若い女を見ると、つい首を絞めてしまうような。たしか、それを意味する長い医学用語があったはずです」

「そう考えれば、われわれの抱えている問題も解決しそうだな」メルチェットはいった。

「ただ、ひとつだけ気に入らない点があります」ハーパー警視はいった。

「なんだね」

「安易すぎます」

「うん――まあ――そうかもしれん。さてと、最初にもいったように、この捜査、すこしは進展したかねえ」

「停滞したままです」ハーパー警視は答えた。

第十二章

1

コンウェイ・ジェファースンはまどろみのなかで寝返りを打ち、伸びをした。腕を投げだした。事故にあって以来、その長くて力強い腕に、全身の力が凝縮されているように思える。

カーテンの向こうから、朝の陽がやわらかくさしこんでいた。

コンウェイ・ジェファースンは笑みを浮かべた。ひと晩ぐっすり寝たあとは、いつもこんなふうに、幸せと、爽やかさと、新たな活力に包まれて目をさます。また新しい一日が始まるのだ！

しばらく横になったままでいた。やがて、手もとにある特別なベルを押した。不意に、過去の記憶が波のように押し寄せてきた。

気配りの行き届いたエドワーズが足音を忍ばせて部屋に入った瞬間、彼の主人の口からうめき声が洩れた。

エドワーズはカーテンにかけた手を止めた。「どこか痛みでも?」

コンウェイ・ジェファースンはいらだたしげにいった。

「いや。早くカーテンをあけてくれ」

透明な光が部屋にあふれた。すべてを心得ているエドワーズは、主人に目を向けもしなかった。

コンウェイ・ジェファースンは横になったまま、陰鬱な顔で考えこんでいた。またしても、ルビーのきれいではあるが面白味のない顔が浮かんできた。ただ、心のなかでは〝面白味のない〟という形容詞は使わなかった。ゆうべの彼なら〝無邪気な〟と形容したことだろう。あどけない無邪気な少女! だが、いまは?

大きな倦怠感がコンウェイ・ジェファースンに襲いかかった。目を閉じた。小さくつぶやいた。

「マーガレット……」

それは亡くなった妻の名前だった……。

2

「あのお友達、すてきな方ですね」アデレード・ジェファースンがバントリー夫人にいった。

二人の女性はテラスにすわっていた。

「ジェーン・マープルはほんとにすばらしい人よ」バントリー夫人はいった。

「それに、やさしい方だし」アデレードは微笑しながらいった。

「噂好きだなんて、ジェーンの悪口をいう人もいますけどね、そんなことないのよ」

「人間の卑劣さをよくご存じなんだわ。そうでしょ？」

「そうもいえるわね」

「新鮮な気がします」アデレード・ジェファースンはいった。「それと反対のことをさんざん見てきたあとですもの」

バントリー夫人は鋭い目で彼女を見た。

アディは自分の気持ちを説明した。

「価値のないものをずいぶん高く評価したり——理想化したり」

「ルビー・キーンのことをおっしゃってるの？」

アディはうなずいた。

「亡くなった人のことを悪くいいたくはありませんけど。あの子に悪意はなかったんですもの。かわいそうに、ほしいものを手に入れるためには、闘うしかなかったのね。べつに悪い子じゃないんです。平凡で、どちらかというと軽薄で、性格はとてもいいんだけど、お金のためならなんでもやるタイプね。あらかじめ計画を練っていたとは思えません。チャンスを見つけて、すかさず飛びついただけのことでしょう。それと、年配の男性の――それも、孤独な男性の――心をとらえるすべを心得ていました」

「つまり」バントリー夫人は考えながらいった。「コンウェイは孤独だったってこと？」

アディは落ち着かなげに身じろぎした。

「ええ――この夏は」いったん言葉を切ったあと、いっきにまくしたてた。「マークにいわせれば、すべてわたしの責任だってことになるでしょう。そうかもしれません。自分ではわかりませんけど」

彼女はそこでしばらく黙りこんだが、やがて、どうしても話しておきたくなったのか、つらそうな、気の進まない様子で語りはじめた。

「わたしは――とても数奇な人生を送ってきました。最初の夫のマイク・カーモディが結婚後しばらくして亡くなったものですから――ほんとにもう――途方に暮れてしまいました。ご存じのように、夫が亡くなったあとでピーターが産まれました。フランク・ジェファースンは夫の親友でした。それで、わたし、彼とたびたび会うようになったんです。彼はピーターの名づけ親にもなってくれました。マイクの生前からの希望だったものですから。わたしは彼にとても惹かれるようになり――そして――気の毒に思うようになりました」

「気の毒？」バントリー夫人は興味を覚えて尋ねた。

「ええ、そうなんです。妙なことをいうとお思いでしょうね。フランクは何不自由なく育ちました。ご両親はこれ以上ないというほどやさしい方たちでした。でも――どういえばいいのかしら――義父って、すごく強い個性を持った人なんです。そういう父親のそばで暮らしていると、自分自身の個性が持てなくなってしまいます。フランクもそれを感じていました。

わたしと結婚した当時、彼はとても幸せでした。幸福の絶頂でしたね。義父はとても寛大で、フランクに莫大な財産を譲ってくれました。自分の子供には自立した人生を送らせたい、親の死を待つような人間になってほしくない――そうおっしゃってました。

ほんとにやさしい方――とても寛大で。でも、あまりにも急でした。本当は、フランクが自立できるように、すこしずつ導いてくださるべきだったんです。

大金を手にして、フランクはのぼせあがってしまいました。父親に負けない偉い人間になろう、資産管理やビジネスに才能を発揮しよう、先を見通す力と成功を手に入れようとがんばったのです。でも、いうまでもなく、彼には無理でした。無謀な投機をしたわけではないけど、買った株の銘柄がよくなかったし、売買のタイミングもまずかった。判断をまちがえると、お金はあっというまになくなってしまいます。それはもう恐ろしいぐらいに。フランクは損失を出すたびに、何かうまい投資で穴埋めしようと焦るようになりました。そのため、事態はますます悪くなっていきました」

「だったら」バントリー夫人がいった。「コンウェイにアドバイスしてもらえばよかったのに」

「フランクがアドバイスをいやがったんです。自分一人の力で成功したい――それだけが彼の望みでした。ですから、義父には何も知らせなかったんです。フランクが亡くなったとき、財産はあらかた消えてしまってて――ほんのわずかな収入しか残されていませんでした。でも、わたし――義父に話す気にはなれませんでした。だって――」

アディは急に顔をそむけた。

「フランクを裏切るような気がしたんですもの。きっと、フランクがいやがったでしょうから。義父は怪我で長いあいだ臥せっていました。元気になってからも、わたしのことをとても裕福な未亡人だと思っていました。わたし、結局、本当のことは打ち明けませんでした。名誉の問題だったんです。わたしがお金にとても細かいことは義父も知っていますが――感心だと褒めてくれています。倹約の上手な女だと思っているのでしょう。それに、ご存じのように、ピーターとわたしはあの事故以来、義父のもとで暮らしております。生活費はすべて義父が出してくれています。ですから、お金の苦労はせずにすんだんです」

アディはゆっくりした口調になった。

「わたしたちはこの何年か、家族同様に暮らしてきました――ただ――ただ――おわかりのように――いえ、おわかりじゃないかもしれませんが――義父にとって、わたしはフランクの未亡人ではなく――フランクの妻のままだったのです」

バントリー夫人はそこに含まれた意味を理解した。

「お子さんたちの死を受け入れようとしなかったのね」

「そうなんです。人間的にはすばらしい人ですよ。でも、自分を襲った悲劇を乗り越えることができたのは、死を否定しつづけたからでした。マークはいまもロザモンドの夫、わたしはフランクの妻――そして、フランクもロザモンドもここにはもういないのに、いまだに存在しているんです」

バントリー夫人はしんみりといった。

「信念がみごとな勝利を収めたわけね」

「そうですね。そんなふうにして、わたしたちは何年も暮らしてきました。でも、突然――今年の夏――わたしのなかに変化が生じたのです。なんとなく――反抗的な気持ちが芽生えてきました。口にするのも恐ろしいことですが、亡くなったフランクのことを考えるのがもういやになったんです。すべてが消えてしまいました――彼への愛も、絆も、彼が亡くなったときの悲しみも。過去にはたしかに存在していましたが、もう消えてしまったのです。

言葉にするのはとてもむずかしいですね。たとえていえば、黒板をきれいに拭いて、最初からやり直そうと思うようなものかしら。自分自身になりたかった――まだまだ若くて、健康で、テニスや水泳やダンスのできるアディに――一人の人間になりたかったのです。それに、ヒューゴのこともあって――ヒューゴ・マクリーンはご存じでしょ？――とてもいい人で、わたしと結婚したがってますけど、わたしはもちろん、本気で考えたことなどなかったんです――ところが、この夏、彼との再婚を考えるようになりました――真剣に考えたわけじゃなくて――単に、漠然とですけど……」

アディは言葉を切り、首をふった。

「ですから、〝ジェフをほったらかしにしてた〟と非難されても、仕方のない部分はあるんです。現実にほったらかしていたわけではありませんが、わたしの心は義父から離れていました。ルビーが義父のお気に入りになったときには、むしろほっとしました。前よりも自由になって、好きなことができるようになったんですもの。義父があれほど、あれほど、ルビーにのめりこむことになろうとは、思いもしませんでした」

バントリー夫人がきいた。

「で、それを知ったときは？」

「唖然としました――あきれてものもいえないぐらい！　それから、腹が立ちました」

「わたしだって腹が立ったでしょうよ」バントリー夫人はいった。

「ピーターのこともありますし。ピーターの将来は義父にかかっているんです。義父はあの子のことを孫のようにかわいがってくれて――というか、わたしはそう思いこんでいたのですが、考えてみれば、本当の孫じゃありませんものね。血のつながりはないんです。でも、あの子が相続人から除外されるなんて！」彼女のすんなりした形のいい手が膝の上でかすかに震えた。「ですから、わたし、腹が立ったんです――下品な、金目当ての、バカな小娘のせいだと思うと――ああ！　この手で殺してやりたかった！」

アディははっとして口をつぐんだ。美しいハシバミ色の目に恐怖を浮かべ、訴えかけるようにバントリー夫人を見た。

「わたしったら、なんて恐ろしいことを！」

そのとき、背後から静かに近づいてきたヒューゴ・マクリーンが声をかけた。

「なんですか、恐ろしいことって？」

「おすわりになって、ヒューゴ。バントリー夫人はご存じよね？」

マクリーンはすでに、この年上の女性に挨拶をすませていた。忍耐強く、低い声で尋ねた。

「恐ろしいことって何なんです？」

アディ・ジェファースンは答えた。

「この手でルビー・キーンを殺してやりたかったっていったの」

ヒューゴ・マクリーンは一分か二分ほど考えこんでからいった。

「うーん、ぼくだったらそんなことはいいませんね。誤解される恐れがある」

彼の目が――落ち着いた、考え深げな、グレイの目が――意味ありげに彼女をみつめた。

こういった。

「言葉には注意したほうがいいですよ、アディ」

その声には警告が含まれていた。

3

二、三分後、ミス・マープルがホテルのテラスに出て、バントリー夫人のところまできたときには、ヒューゴ・マクリーンとアデレード・ジェファースンは海辺につづく小道を歩いていた。
椅子に腰をおろしながら、ミス・マープルはいった。

「あの方、ジェファースンの若奥さまに夢中のようね」

「もう何年も前から夢中なのよ！　世の中にはああいう男性もいるのねえ」

「ほんと。バリー少佐もそうだったわ。インドに住んでいた英国人の未亡人を十年近くも追いかけてらしたの。未亡人のお友達のあいだでは、いい笑いものよ！　未亡人もついに根負けしたんだけど——気の毒なことに、結婚式の十日前になって、その未亡人、お抱え運転手と駆け落ちしてしまったの！　性格がよくって、ふだんはとても常識のある女性だったのに」

「人間って、とんでもないことをしでかすものね」バントリー夫人も同意した。「あなた、もうすこし早くここにきてればよかったのに。アディ・ジェファースンが自分のことをいろいろしゃべってくれたのよ——夫が財産をなくしてしまったこととか、それをジェファースン氏に内緒にしてたこととか。それから、この夏、アディに心境の変化がおきて——」

ミス・マープルはうなずいた。

「わかりますよ。過去のなかで生きるよう強制されてきたことに、反抗したくなったのね？　考えてみれば、何事にも潮時というものがあるわ。鎧戸を閉ざした家のなかに永遠にすわってるわけにはいかないわ。ジェファースンの若夫人はたぶん、その鎧戸を押しひらいて、寡婦の喪服を脱ぐことにしたんでしょうけど、そんなこと、お義父さんが歓迎するはずはなかった。除け者にされたような気がしたでしょうね。もっとも、何が若夫人を変えたのか、彼にはわかっていなかったと思うけど。でも、その変化はとにかく気に食わなかった。だから、奥さんが心霊術に凝りはじめたときのバッジャー老人のように、ああいう事態を招くことになってしまったんだわ。自分の話にやさしく耳を傾けてくれる、ほどほどの若い美人だったら、誰でもよかったのよ」

「ねえ」バントリー夫人はいった。「あのジョージーって親戚の女が、計画的にルビーを呼び寄せたのかしら——身内で悪事を企んでたのかしら」

ミス・マープルは首をふった。

「いえ、それはちがうと思うわ。人の反応を前もって計算できるような頭は、あのジョージーにはないでしょうから。そういうことは苦手なタイプよ。ずる賢くて、現実的なことに対処する手腕はあるけど、先の見通しを立てるのが下手で、事の成り行きに呆然とすることが多いって感じね」

「今度のことでは、誰もが呆然としたんじゃないかしら」バントリー夫人はいった。「アディも——それから、マーク・ギャスケルも」

ミス・マープルは微笑した。

「あの人、ほかに狙ってる女がいるんじゃないかしら。すぐに色目を使いたがる不遜なタイプですもの！ 亡くなった奥さまをいくら愛していたとしても、悲しみに沈む寡夫の暮らしを何年もつづけられるような男じゃないわ。ジェファースンさんに束縛され、過去の思い出のなかで暮らすことを余儀なくされて、あの二人は居心地が悪かったでしょうね。でも」ミス・マープルは皮肉っぽくいった。「もちろん、殿方のほうが多少は自由にふるまえるでしょうけど」

4

ちょうどそのころ、マークはサー・ヘンリー・クリザリングとの話のなかで、ミス・マープルたちの見解を裏づけるような発言をしていた。

いかにも彼らしい単刀直入なやり方で、ズバッと話の要点に入った。

「いまふと気づいたんですが、ぼくは容疑者ナンバーワンってわけですね！　警察はぼくの財政上のトラブルを嗅ぎまわっている。たしかに、ぼくは破産状態です。というか、その一歩手前にいます。医者の予測どおり、ジェフがあと一、二カ月で死んでくれて、アディとぼくが遺産を予定どおりに分けることができれば、万事めでたしめでたしなんだが。じつをいうと、借金がかさんでるんです……破産しようものなら、大変なことになる！　それをなんとか食い止められれば、道もひらけてきます——人生の勝利者になって、大金を手にすることができるでしょう」

サー・ヘンリー・クリザリングはいった。

「きみはギャンブル好きだね、マーク」

「昔からそうでした。すべては賭け——それがぼくのモットーなんです。ええ、誰かがあの小娘を絞め殺してくれて、こっちは大助かりでした。ぼくはやってませんよ。犯人はぼくじゃない。人を殺すなんて、とてもじゃないができません。成り行きまかせの人間ですからね。まあ、警察に信じてくれといっても無理だろうけど！　警察から見れば、ぼくは犯罪捜査員の祈りに対する回答みたいなもんですね！　動機があった。現場にいた。高い道徳観念など持ちあわせていない！　いままでムショにぶちこまれなかったのがふしぎなぐらいだ！　あの警視なんか、じつに胡散臭そうな目でこっちを見てました」

「きみにはちゃんとしたアリバイがあるじゃないか」

「アリバイなんて、この世でいちばんあやふやなものです。無実の人間はアリバイの用意なんかしませんよ！　おまけに、アリバイが成立するかどうかは、被害者の死亡時刻や何かにかかってるわけで、女が殺されたのは夜中の十二時だと、三人の医者がいったとしても、ほかの六人の医者が朝の五時に殺害されたんだと自信たっぷりに断言することだってあるんです。そしたら、ぼくのアリバイはどうなります？」

「とりあえず、きみには冗談をいうだけの余裕があるわけだ」

「悪趣味でしょう?」マークは陽気にいった。「けど、ほんとは怖くてたまらないんです。誰だってそうですよ——人殺しがあったんだから! それから、ぼくがジェフに同情してないとは思わないでください。同情はしてます。でも、ジェフにとってはこのほうがよかったんです——いくらひどいショックを受けようと——あの小娘の本性を知らずにすんだんだから」

「どういう意味だね。本性とは?」

マークは片目をつぶってみせた。

「あの女はゆうべ、どこへ出かけていったのか。いくら賭けてもいいけど、ありゃぜったい、男に会いにいったんですよ。ジェフが知ったら、いい気はしなかったでしょう。おもしろくなかったと思いますよ。女にだまされてたことがわかったら——うわべはおしゃべりで無邪気な女の子に見えたのに、じつはそうじゃなかったとわかったら——まあ、うちの義父も変わった人間ですからね。自制心の強い男ですが、自制心が弾け飛ぶことだってあります。そうなったら——見物《みもの》ですよ!」

サー・ヘンリーは好奇心に満ちた視線を彼に向けた。

「きみはジェファースン氏に好意を持ってるのかい。いないのかい」

「大好きですよ。でも、同時に、恨んでもいます。どういう意味か説明しましょう。コンウェイ・ジェファースンというのは、周囲の者を支配するのが好きな人間なんです。慈悲深き専制君主ですね。親切で、寛大で、愛情にあふれている。だが、彼が笛を吹くと、ほかの者はその笛に合わせて踊らなきゃならないんです」

マーク・ギャスケルは一息入れた。

「ぼくは妻を愛してました。ほかの誰に対しても、あんな愛情はもう持てないでしょう。ロザモンドは太陽の光であり、笑いであり、花でした。妻を亡くしたときのぼくは、まるでリングでノックアウトを食らったボクサーのようでした。ところが、レフェリーときたら、延々とカウントをとりつづけている。でもね、ぼくは男なんですよ。女が好きなんです。再婚する気はありません。まるっきり。まあ、それはそれでいいんです。こっそりとではあるけれど、それなりにけっこう遊んできました。ところが、気の毒なアディはそうはいきません。ほんとに気立てのいい淑女ですからね。男が寝たいと思う女じゃなくて、妻にしたいと思うタイプの女なんです。いい縁に恵まれさえすれば、また再婚するでしょう――そして、とても幸せになって、相手の男のことも幸せにするでしょう。ところが、ジェフにとって、アディはあくまでもフランクの妻でしかなかった――そして、彼女にもそう思いこませようとしたのです。ジェフは気づいていませんが、ぼくらは牢屋に入れられていたようなものです。ぼくはとっくの昔にこっそり抜けだしました。アディもこの夏、ついに脱走しました——それがジェフにはショックだったんです。彼の世界がこわれてしまったから。その結果が——ルビー・キーンってわけです」

気持ちを抑えきれなくなって、マークは歌いだした。

だけど、あの子は墓のなか、ああ
おれの人生、変わっちまった

「一杯飲みに行きましょうよ、クリザリングさん」

マーク・ギャスケルが警察から容疑者扱いされているのもふしぎではないと、サー・ヘンリーは思った。

第十三章

1

メトカーフ医師はデーンマスでもっとも有名な医者の一人だった。患者をつっけんどんに扱うことはぜったいになく、この医師が病室に入ってきただけで、患者は元気づけられる。中年の男性で、物静かな心地よい声をしていた。

医師はハーパー警視の話に注意深く耳を傾けてから、おだやかな口調で几帳面に彼の質問に答えた。

ハーパーはいった。

「では、メトカーフ先生、ジェファースン夫人が話してくれたことは、紛れもない事実であるというのですね」

「そうです。ジェファースン氏の健康は危うい状態にあります。氏はここ数年にわたって無理を重ねてきましたからね。ほかの男たちと同じように生きていこうと決意して、同じ年代の一般人よりはるかに猛烈なペースで人生を送ってきたのです。わたしも、ほかの主治医たちも、さまざまな表現を使ってジェファースン氏に忠告したのですが、氏は休息することも、のんびりすることも、ペースを落とすことも拒んできました。その結果、使いすぎたエンジンのような状態になってしまったのです。心臓、肺、血圧——すべてに無理がかかっています」

「ジェファースン氏は忠告にいっさい耳を貸さなかったというのですね」

「ええ。氏を責めるべきかどうか、わたしにはわかりません。患者にこんなことはいいませんけどね、警視さん、静かに朽ち果てるより、激しく燃え尽きるほうがいいのかもしれません。わたしの同僚の多くも燃え尽きるほうを選んでいます。個人的にいわせてもらえば、悪い生き方じゃありませんよ。デーンマスのようなところでは、ほとんどの人がその逆を選んでいます。病人は生に執着し、無理することを恐れ、隙間風や、空中に漂う病原菌や、身体に悪い食べものに神経質になっています」

「なるほど、そうでしょうな」ハーパー警視はいった。「さて、いまのお話をまとめると、コンウェイ・ジェファースン氏は体力的には——いや、筋肉的といったほうがいいかもしれないが——きわめて強靭ということになりますね。ついでにうかがいますが、具体的にはどのような行動が可能なのでしょうか」

「腕と肩の筋肉が驚くほど発達しています。事故にあう前は、とても力の強い人でした。車椅子の扱いは手慣れたものですし、松葉杖を使えば室内を歩くこともできます。たとえば、ベッドから車椅子に移るときなどに」

「ジェファースン氏のような障害者には、義足をつけるという方法もあるのでは？」

「彼の場合はだめなんです。背骨に損傷を受けているので」

「なるほど。もう一度、話を要約させてください。ジェファースン氏は筋肉的に見れば、強靭かつ健康である。体調もいいわけですね」

メトカーフはうなずいた。

「しかし、心臓が弱っている。疲れすぎ、働きすぎ、ショック、突然の恐怖などによって急死する危険がある。そういうことですね」

「ま、そうですね。働きすぎで徐々に命を縮めています。疲れを感じても、そこでやめようとしない人ですから。そのため、心臓が弱ってきているのです。働きすぎて突然の死を迎えるということは、たぶんないでしょうが、急激なショックや恐怖に見舞われれば、それも充分に考えられます。ですから、わたしは口をすっぱくしてご家族に警告しておいたのです」

ハーパー警視はゆっくりといった。

「しかし、現実には、ショックを受けても、ジェファースン氏は死に至らなかった。ねえ、先生、今回の事件ほど大きなショックはないはずなのに、氏はいまも生きてるじゃありませんか」

メトカーフ医師は肩をすくめた。

「たしかに。だが、警視さんもわたしと同じ経験をお持ちなら、病気の経過をもとにして患者の予後を見通すのは不可能であることがおわかりになるはずです。ショックに見舞われるとか、寒気にさらされるといったことで命を落としかねない人々が、ショックにあっても、寒気にさらされても、死なずにすんだりするのです。人間の身体というのは想像もつかないほど頑丈にできているものでしてね。さらに、わたしの経験から申しあげますと、精神的ショックよりも物理的なショックのほうが、命にかかわる場合が多いといえましょう。わかりやすくいえば、ジェファースン氏の場合は、お気に入りだった女性が惨殺されたことを知らされたときよりも、ドアが急にバタンと閉まったときのほうが、命を落とす危険が大きいのです」

「どうしてですか」

「悪い知らせがもたらされると、ほとんどの場合、防衛メカニズムというものが作動します。知らせを受けた側の感覚が麻痺するのです。最初のうち、その知らせを受け入れることができない状態になります。完全に理解するまでに多少時間がかかります。ところが、ドアがバタンと閉まるとか、誰かが押入れから飛びだすとか、道を渡ろうとしたら突然車が走ってきたとかいうのは、いずれも一瞬の出来事です。恐怖のあまり心臓がビクンと跳ねあがります——一般向けのやさしい言葉でいうならば」

ハーパー警視はゆっくりといった。

「しかし、断言はできないにせよ、あの女が殺されたショックでジェファースン氏が死に至ることも充分に考えられたわけでしょう？」

「そりゃそうです」医師は好奇心に満ちた目で相手を見た。「警視さんの考えでは、まさか——」

「どう考えればいいのか、自分でもわからないんです」ハーパー警視はいらだたしげにいった。

2

「しかし、二つの出来事がぴったり符合していることは、あなたもお認めになるでしょう？」それからほどなく、ハーパー警視はサー・ヘンリー・クリザリングにいった。

「一石二鳥というやつですよ。まず、女が殺される――つぎに、その死のショックでジェファースン氏が命を落とす――遺言状を書き換えるチャンスのないうちに」

「氏が遺言状を書き換えるつもりだったというのかね」

「その点については、あなたのほうがよくご存じだと思いますが。いかがでしょう」

「わたしも知らんのだ。ルビー・キーンがあらわれる以前にたまたま知ったところでは、遺産はマーク・ギャスケルとアデレード・ジェファースンが受けとることになっていた。いまになってなぜコンウェイの気が変わったのか、わたしにはわからない。だが、あいつのことだから、やりかねないな。〈猫の家〉に寄付したかもしれないし、若いプロのダンサーたちの奨学金にしたかもしれない」

ハーパー警視も同意した。

「人間というのは、どんな突飛なことを思いつくかわからんものですな。自分の財産を処分するにあたって、義理や人情に縛られない男の場合はとくに。しかも、今回は血縁者が一人もいないわけですし」

サー・ヘンリーはいった。

「あの男の子をかわいがってるじゃないか――ピーター少年を」

「実の孫のように思ってるんでしょうかね。その点もあなたのほうがよくご存じだと思いますが」

サー・ヘンリーはゆっくり答えた。

「いや、孫とまでは思っていないだろう」

「お尋ねしたいことがもうひとつあります。わたしには判断できないことなんですが、あなたなら、あの一家と親しくしておられるので、ご存じではないかと思いまして。ジェファースン氏がマーク・ギャスケルとアデレード・ジェファースンをどの程度気に入っているのか、ぜひとも知りたいのです」

サー・ヘンリーは眉をひそめた。

「質問の意味がよくわからんのだが、警視」

「では、こういうふうにお尋ねしましょう。姻戚関係を抜きにして、個人としての彼らをどの程度気に入っているのでしょうか」

「なるほど、そういう意味か」

「はい。ジェファースン氏があの二人を大切にしていることは疑う余地がありませんが、わたしの見るところ、それは二人が娘婿であり、息子の嫁であったからだと思うのです。

しかし、たとえば、どちらかが再婚した場合はどうなるでしょう」

サー・ヘンリーは考えこんだ。こう答えた。

「なかなかおもしろい点に目をつけたね。わたしにはわからない。ただ、個人的な意見をいわせてもらえば、再婚ということになったら、コンウェイの態度が大きく変わるような気がしてならない。彼のことだから、婿や嫁の再婚を祝福するだけで、恨みなど持つはずもないが、そうだな、二人への関心をすっかりなくしてしまうだろう」

「どちらの場合もですか」

「おそらくな。マーク・ギャスケルの場合はほぼまちがいない。アデレード・ジェファースンの場合もそうだと思うが、確実だとはいえない。一人の人間としての彼女に好意を持っていたと思うよ」

「性別ということも、多少は関係してますね」ハーパー警視は訳知り顔でいった。「氏にとっては、ギャスケル氏を息子とみなすより、彼女を娘とみなすほうが簡単でしょう。その逆もいえます。女というのは、娘の婿をわりと簡単に家族の一員として受け入れますが、息子の嫁を娘同然にかわいがっている例はあまり見られません」

ハーパー警視はさらにつづけた。

「この小道を通ってテニスコートまで行きませんか。あそこにミス・マープルがすわってます。あの人にちょっと頼みたいことがありましてね。じつをいうと、あなたがた二人に協力をお願いしたいんです」

「どんなことだね、警視」

「わたしの力では探りだせないことを調べていただきたいんです。エドワーズと話をしてもらえませんか」

「エドワーズ？　何をききだせばいいんだね」

「なんでもけっこうです。あなたの思いつくままに。エドワーズが知っていること、考えていることを、ひとつ残らず！　あの家族の関係や、ルビー・キーンのことに関する彼の意見などを。内部の事情が知りたいんです。エドワーズなら、もろもろの事情を誰よりもよく知っているでしょう。ええ、知ってますとも！　わたしには何も話してくれません。しかし、あなたにならしゃべるでしょう。そこから何かがつかめるかもしれません。もちろん、あなたにご異存がなければの話ですが」

サー・ヘンリーはいかめしい顔で答えた。

「異存はない。真相究明のために、緊急に呼ばれたんだからな。全力を尽くすつもりだ」

さらにつけくわえた。

「ミス・マープルにはどのような協力を頼むつもりだね」

「何人かの少女に会ってもらうつもりです。ガールガイドの子たちに。パメラ・リーヴズともっとも親しかった友達を六人ほどつきとめました。その子たちが何か知っているかもしれません。じつは、ずっと考えてたんです。パメラ・リーヴズが本当に〈ウルワース〉へ行くつもりだったのなら、友達の一人を誘おうとしたんじゃないかって。女の子が買物をするときは、たいてい、誰かと一緒に行きたがるものですからね」

「うん、たしかにそうだ」

「ですから、〈ウルワース〉は口実にすぎなかったんじゃないかと思うんです。パメラ・リーヴズが本当はどこへ行くつもりだったかを知りたいんです。うっかり何か口をすべらせたかもしれません。だとすれば、それを少女たちからききだせるのは、ミス・マープルをおいてほかにいないと思います。少女の扱いにかけては手慣れたものでしょうから——わたしなどよりもずっと。それに、警察が相手じゃ、少女たちもおびえるでしょうし」

「そうだな、村のなかでもそういう問題はよくおきるだろうね。だったら、まさにミス・マープルの出番だ。あれはじつに鋭い人だよ」

警視は微笑した。

「おっしゃるとおりです。なんであれ、あの人の目を逃れることはできません」

二人が近づいていくと、ミス・マープルは顔をあげ、いそいそと迎えた。警視の頼みに耳を傾けて、すぐさま承知した。

「喜んで協力いたしますとも、警視さん。たぶん、多少はお役に立てると思います。日曜学校や、ブラウニー（ガールガイドの幼年団）や、ガールガイドに関係していますし、すぐ近くに孤児院がありますし——そこの理事をしてましてね、ときどき顔を出して、院長さまとよくおしゃべりするんですよ——それに、召使いもおります——うちに置いているのは、たいてい、とても若いメイドなんです。ええ、女の子がどんなときに本当のことをいい、どんなときに隠しごとをするのか、数多くの経験からよく存じております」

「つまり、あなたはその専門家というわけですな」サー・ヘンリーはいった。

ミス・マープルは咎めるような目で彼を見た。

「まあ、人を笑いものになさってはいけません、サー・ヘンリー」

「笑いものにしようなんて、夢にも思っておりません。あなたのほうこそ、わたしを何度も笑いものになさったではありませんか」

「村で暮らしていますと、人間の邪悪さをいやというほど目にしますのでね」ミス・マープルは弁解するようにつぶやいた。

「ところで」サー・ヘンリーはいった。「あなたが疑問に思ってらした点が、ひとつ解明できましたよ。警視の報告によりますと、ルビーの部屋の屑籠から切った爪が見つかったそうです」

ミス・マープルは考えこみながらいった。

「そうでしたか。すると……」

「なぜそんなことを知りたいと思われたんですか、ミス・マープル」警視が尋ねた。

ミス・マープルは答えた。

「それは、あの——死体を見たときに、ふしぎに思ったことのひとつだったんです。手がなんとなく変で、でも、最初はその理由がわかりませんでした。やがて、お化粧の濃い女の子はたいてい爪を長く伸ばしてるものだと気づいたのです。もちろん、どの女の子も爪を噛む癖があります。この癖はなかなか直らないものでしてね。でも、きれいに見せたいという虚栄心のおかげで、けっこう直ることもあるんです。とはいえ、ルビーの場合はまだ直っていなかったんだと思っておりました。ところが、あの少年——ピーターでしたわね——あの子の話から、ルビーは爪を長くしていたけれど、一本がショールにひっかかって折れてしまったってことがわかりました。そうなれば、当然、あとの爪も切りそろえなきゃいけなかったでしょうから、切った爪のことをお尋ねしたんです。

で、いま、爪が見つかったというお返事をいただいたわけです」

サー・ヘンリーがいった。

「〝死体を見たときに、ふしぎに思ったことのひとつ〟とおっしゃいましたね。ほかにも何かあったのですか」

ミス・マープルは大きくうなずいた。

「ありますとも！　ドレスのことです。あのドレスはどう見ても変でした」

二人の男は怪訝そうに彼女を見た。

「なぜでしょう」サー・ヘンリーが尋ねた。

「だって、あれは古いドレスでしたもの。ジョージーもはっきりそういってましたし、わたしの目から見ても、着古されていて、少々ほころびがありました。どう考えたって変ですよ」

「わたしにはその理由がわかりかねますが」

ミス・マープルはうっすらと頰を染めた。

「いえね、ルビー・キーンはドレスを着替えて、わたしの若い甥たちのいう〝熱々デート〟に出かけていった——警察ではそう推測してるわけでしょう？」

警視の目がかすかに光った。

「それもひとつの仮説です。誰かとデートに出かけた——たぶん、男友達の一人でしょう」

「だったら」ミス・マープルは尋ねた。「なぜ古いドレスで出かけたりするんです？」

警視は頭を掻きながら考えこんだ。

「おっしゃる意味はわかります。ふつうは新しいドレスを着るものだ——そうお考えなんですね」

「いちばんいいドレスを着ると思いますよ。女はみんなそうですもの」

サー・ヘンリーが口をはさんだ。

「なるほど。しかしですよ、ミス・マープル、彼女がそのランデブーに出かけたものと仮定しましょう。おそらく、オープンカーでドライブするか、どこかのでこぼこ道を散歩することになるでしょう。だから、新しいドレスを汚したくなくて、古いドレスを着ていくことにしたんじゃないですか」

「ふつうはそうするでしょうな」警視も同意した。

ミス・マープルは反論した。力をこめていった。

「ふつうでしたら、セーターとスラックスか、ツイードのスーツに着替えるものです。わたしどもの階級の女性なら——階級を鼻にかけるような言い方はしたくないんですが、避けて通れませんのでね――当然、そうするはずです」ミス・マープルはその話題に没頭した。「育ちのいい令嬢はつねに、時と場所に合った正しい服装を心がけているものです。たとえば、どんなに暑い日でも、花柄の絹のドレスを着てクロスカントリー競馬に出かけたりはいたしません」

「では、恋人に会うときの正しい服装は？」サー・ヘンリーがきいた。

「ホテルのなかや、イブニング・ドレスを着ていける場所で会うのなら、もちろん、いちばんいいドレスで出かけるでしょう。でも、戸外のときは、イブニング・ドレスではみっともないと考えて、いちばんおしゃれなスポーツウェアを着ていくでしょう」

「なるほど、あなたはファッションの権威ですな。ところが、あのルビーの場合は――」

ミス・マープルはうなずいた。

「ルビーは、いうまでもなく――そうね、露骨に申しあげれば――良家の令嬢ではありませんでした。時と場所にお構いなしに、いちばんいい服を着て出かける――そういう階級の女だったのです。じつは、去年、スクランター・ロックスへピクニックに出かけたことがありましたが、娘さんたちの見当ちがいの服装を見たら、あなただってびっくりなさったことでしょう。薄絹のドレスに、エナメル靴、とても凝ったデザインの帽子という子が何人かいましたもの。岩をよじのぼったり、エニシダやヒースの茂みを歩かなきゃいけないのに。おまけに、若い男たちは一張羅の背広だったんですよ。もちろん、ハイキングとなると、またべつです。こちらは誰もが同じ格好でくるんです――ほっそりした体型でなきゃショートパンツは似合わないってことに、娘さんたちは気づいてないみたい」

警視がゆっくりといった。

「で、ルビー・キーンの場合は――？」

「本当だったら、それまで着ていたドレスのままで出かけたはずです――いちばん上等の、あのピンクのドレスで。もっと新しいドレスがあれば、そっちに着替えたでしょうけど」

ハーパー警視がいった。

「じゃ、ルビーのドレスのことをどう解釈なさいますか、ミス・マープル」

ミス・マープルは答えた。

「さあ、わかりません――いまはまだ。でも、重要な手がかりのような気がしてならないんです……」

3

ワイヤフェンスの内側では、レイモンド・スターのテニスのレッスンが終わりに近づいていた。

ずんぐりした中年女性が甲高い声でお礼をいってから、空色のカーディガンを手にとり、ホテルのほうへ去っていった。

レイモンドは彼女の背後から陽気な言葉を投げかけた。

そして、見物人が三人すわっているベンチのほうへ向かった。ラケットを小脇に抱え、手にした網袋のなかでボールが揺れていた。彼の顔に浮かんでいた陽気でにこやかな表情は、石板をスポンジで拭ったときのように消え去っていた。疲れと苦悩が浮かんでいた。

三人のほうに近づきながら、「やっと終わりました」といった。

そこでふたたび笑みが浮かんだ。魅力的で、少年っぽくて、表情豊かなその笑みは、陽に焼けた顔や浅黒いしなやかな身体とみごとに調和していた。

サー・ヘンリーは無意識のうちに、この男は何歳ぐらいだろうと考えていた。二十五？　三十？　三十五？　どうもよくわからない。

レイモンドが首を軽くふりながらいった。

「いまの人、いくらレッスンしてもだめですね」

「あなたのほうは、とても退屈でしょうね」ミス・マープルはいった。

レイモンドはあっさり答えた。

「ええ、そういうときもあります。とくに夏の終わりなんかは。レッスン料のことを考えれば、しばらくは元気が出ますが、いつまでもそれで気が紛らせるものでもないし」

ハーパー警視が立ちあがった。だしぬけにいった。

「三十分したらお迎えにあがります、ミス・マープル。それでよろしいですか」

「けっこうですとも。出かける支度をしておきます」

ハーパー警視は立ち去った。レイモンドは立ったまま彼を見送った。やがていった。

「しばらくここにすわらせてもらっていいでしょうか」

「どうぞ」サー・ヘンリーが答えた。「煙草はいかがですかな」シガレットケースをさしだしながら、自分がレイモンド・スターにかすかな反感を抱いているのはなぜだろうといぶかっていた。彼がテニスのコーチであり、ダンサーであるという、それだけの理由からだろうか。もしそうなら、原因はテニスではなく、ダンスのほうだろう。イギリス人というのは――サー・ヘンリーは考えた――ダンスのうますぎる男を胡散臭く思うものだ。この男も、身のこなしが優美すぎる！　ラモン――レイモンド――きみの名前はどっちだね。サー・ヘンリーはいきなりそう質問した。

相手は愉快そうな顔をした。

「ラモンというのは、ぼくがステージで最初に使った名前でした。ラモンとジョージー――スペイン人みたいな響きでしょ。けど、外国人への偏見のようなものがあったんで――レイモンドに替えたんです。とてもイギリス的な名前に」

ミス・マープルがきいた。

「じゃ、本名はまったくちがうんですか」

レイモンドは彼女に笑みを向けた。

「じつは、本名がラモンなんです。祖母がアルゼンチンの人間だったもので――」（なるほど、それで尻の揺らし方の説明がつく、とサー・ヘンリーは話をききながら思った）。「でも、ファースト・ネームはトマスです。情けないほど平凡でしょう」

レイモンドはサー・ヘンリーのほうを向いた。

「あなた、デヴォンシャーのご出身ですね。ちがいます？　ステインでしょう？　ぼくの一族もそっちのほうに住んでいました。アルスモンストンに」

サー・ヘンリーの顔が輝いた。

「きみ、アルスモンストンのスター家の一人かね。それは気がつかなかった」

「ええ――気がつかなくて当然ですよ」

その声にはかすかな苦々しさがあった。

サー・ヘンリーはきまり悪そうにいった。

「運が悪かったね――そのう――いろいろと」

「三百年も前からうちの一族のものだった土地を売却しなきゃならなかったことが？　ええ、たしかに運が悪かったです。でも、ぼくらの階級は運命に耐えるしかないんです。すっかり零落してしまったから。ぼくの兄はニューヨークへ行きました。出版業にたずさわって――うまくいっています。あとの者も世界各地に散らばっています。パブリック・スクール出身という以外になんの取柄もない人間が職を見つけるのは、いまの世の中ではむずかしいことです。運がよければ、ホテルのフロント係に雇ってもらえるだろうけど。ああいうところでは、出身校とマナーがものをいいますからね。ぼくがようやく手に入れたのは、衛生設備会社のショールームの仕事でした。ピンクやレモン色の高級陶製バスタブを売るんです。広いショールームがいくつもありましたが、バスタブの値段も、配送に何日ぐらい必要かも知らなかったので――クビになってしまいました。

ぼくにできることといったら、テニスとダンスぐらいしかありません。で、リヴィエラのホテルに雇ってもらいました。収入はけっこうよかったですよ。順調にやってたと思います。ところが、あるとき、一人の老大佐の話を耳にしてしまったんです。信じられないぐらい頭が古くて、英国人気質が骨の髄までしみこんでいて、プーナ（インド中西部の都市）の話ばかりしているような人でした。その大佐が支配人のところへ行き、声をはりあげてこういったんです。

〝ジゴロはどこにいる？　ジゴロをつかまえてくれ。うちの妻と娘がダンスをしたがっとるんだ。あの男はどこだね。あいつ、いくらぐらいふっかけてくる？　わしが呼んでほしいのはあのジゴロなんだ〟」

レイモンドはさらにつづけた。

「気にするなんてばかげてるけど――でも、ぼくは気にしました。そのホテルを辞めました。で、こっちにきたんです。収入は減ったけど、こっちの仕事のほうが楽しいです。いくらレッスンしたってうまくなりっこない、ふっくら体型のご婦人方にテニスを教えるのが主な仕事です。それから、裕福な泊まり客のお嬢さんたちが誰にも踊ってもらえなくて壁の花になっていれば、ダンスの相手もします。まあ、人生、そんなもんですよ。すみません、苦労話なんかしてしまって！」

レイモンドは笑った。真っ白な歯がのぞき、目尻に小皺が刻まれた。急に、健康で、幸せそうで、潑剌とした感じになった。

サー・ヘンリーはいった。

「話ができてよかったよ。一度きみと話してみたいと思っていたんだ」

「ルビー・キーンのことで？　ぼくじゃ、お役に立てないと思いますよ。誰がルビーを殺したのかも知らないし、彼女のこともほとんど知らないんです。ルビーから打ち明け話をされたことなんかありませんから」

ミス・マープルがいった。「あなた、ルビーのことがお好きでした？」

「とくに好きってわけじゃなかったです。嫌いでもなかったけど」

彼の声は無頓着で、なんの興味もなさそうだった。

サー・ヘンリーがいった。

「では、参考になりそうな意見はないんだね」

「残念ながら……あれば、とっくにハーパー警視に話してますよ。ぼくにいわせれば、ありふれた犯罪ですね！　卑劣で、ケチな、くだらない犯罪――手がかりもなし。動機もなし」

「二人の人間には動機がありましたよ」ミス・マープルがいった。

サー・ヘンリーは鋭い目で彼女を見た。

「ほんとに?」レイモンドの顔に驚きが浮かんだ。

ミス・マープルが執拗にサー・ヘンリーをみつめたので、彼はしぶしぶながらいった。

「ルビーの死によって、アデレード・ジェファースンとマーク・ギャスケルが五万ポンドの利益を得ることになるだろう」

「なんですって?」レイモンドはひどく驚いたようだった——いや、驚きを通り越して、衝撃に見舞われていた。「うーん、でも、ジェファースン夫人がまさか——いや、二人のどちらにしても——事件にかかわりがあるなんて、そんなことありえませんよ。ぜったいにありません。考えただけでもばかげています」

ミス・マープルが咳払いをした。おだやかな声でいった。

「あなた、けっこう理想主義者でいらっしゃるのね」

「ぼくが?」レイモンドは笑った。「とんでもない! ぼくはハードボイルドな皮肉屋です」

「お金というのは」ミス・マープルはいった。「とても大きな動機になるんですよ」

「たぶんね」レイモンドは熱っぽくいった。「でも、あの二人のどちらかが若い女の首を冷酷に絞めるなんて——」首をふった。

そこで立ちあがった。

「ジェファースン夫人がやってきた。いまからレッスンなんです。遅刻だけど」彼の声が冗談っぽい響きを帯びた。「十分の遅刻ですよ！」

アデレード・ジェファースンとヒューゴ・マクリーンが小道の向こうから急ぎ足で近づいてきた。

アディ・ジェファースンは遅れたことを笑顔で詫びながら、そのままコートのほうへ行った。マクリーンはベンチに腰をおろした。パイプを喫ってもかまわないかとミス・マープルに礼儀正しく尋ねてから、火をつけ、しばらく無言でパイプをくゆらせながら、テニスコートでプレイする二人の白い姿を険悪な目でみつめていた。

やがて、口をひらいた。

「アディがなんのためにレッスンを受けたがるのか、わたしには理解できません。ゲームをするのならわかりますが。わたしだって、ゲームは誰にも負けないぐらい好きです。でも、どうしてレッスンなど？」

「ゲームの腕を磨きたいんでしょう」サー・ヘンリーはいった。

「アディのテニスは下手じゃないですよ」ヒューゴが答えた。「かなりうまいほうです。困ったものだ。ウィンブルドンに出場しようなんて思ってもいないだろうに」

一、二分ほど黙りこんだ。やがてこういった。
「あのレイモンドって男は何者なんです？　どこからやってくるんでしょうね。プロの連中ってのは。あの男、南欧系のように見えますが」

「デヴォンシャーのスター家の一人ですよ」サー・ヘンリーはいった。

「えっ？　まさか」

サー・ヘンリーはうなずいた。この話がヒューゴ・マクリーンにとって不愉快なものであるのは明らかだった。マクリーンはいっそう険しい顔になった。

「アディがなぜわたしを呼んだのか、さっぱりわかりません。今度の事件にショックを受けた様子はまったくない！　いつもより生き生きしてます。なぜわたしを呼んだんだろう」

サー・ヘンリーは興味を覚えて尋ねた。

「夫人があなたを呼んだのはいつのことですか」

「ええと——その——事件がおきたときでした」

「連絡はどのような形で？　電話ですか。それとも電報？」

「電報です」

「妙なことをお尋ねしますが、その電報が打たれたのはいつだったんでしょう」

「さあ——正確なところはわかりません」

「あなたが電報を受けとったのは何時ごろでした？」

「いや、じつは受けとってはいないんです。電報が届いたという電話をもらったんです」

「えっ、どこにおられたんですか」

「前日の午後にロンドンを出て、デインベリー岬に泊まっていました」

「おや——このすぐ近くじゃありませんか」

「ええ、おもしろい偶然でしょう？　ゴルフからもどってきたら、伝言が入っていたので、すぐこちらに飛んできたんです」

ミス・マープルは何やら考えこむ様子で彼をみつめた。彼は顔がほてっていて、居心地が悪そうだった。ミス・マープルはいった。「デインベリー岬はとてもすてきなところだそうですね。ホテルの料金もそれほど高くないし」

「ええ、そんなにかかりません。高かったら、わたしなど泊まれませんよ。こぢんまりしたすてきなところです」

「そのうち、ぜひ車で行ってみたいものですわ」ミス・マープルはいった。

「えっ？　あの——そ、そうですね。さてと」マクリーンは立ちあがった。「すこし散歩したほうがよさそうだ。食欲増進のために」

彼はこわばった足どりで歩き去った。

「女というのは」サー・ヘンリーはいった。「自分を崇め奉ってくれる男を冷淡にあしらうものなんですね」

ミス・マープルは微笑しただけで、何も答えなかった。

「あの男をどう思われますか。退屈な凡人？」サー・ヘンリーは尋ねた。「ぜひ、あなたのご意見をうかがいたい」

「考えがちょっと狭いようですね」ミス・マープルは答えた。「でも、可能性はあると思いますよ――ええ、かなり高い可能性が」

サー・ヘンリーも立ちあがった。

「わたしもそろそろ失礼して、仕事にかからなくては。おや、バントリー夫人がきましたよ。あなたとおしゃべりしたいんでしょう」

4

バントリー夫人は息を切らしてやってくると、あえぎながら腰をおろした。

「ホテルのメイドたちに話をきいてまわったのよ。でも、収穫はまったくなし。目新しいことは何ひとつ探りだせなかったわ！　ねえ、ホテルの誰にも気づかれずに、どこかの男とこっそり会うなんて、そんなこと、ほんとにやれると思う？」

「とても興味深い指摘ね。ぜったい無理だと思うわ。もし、ほんとに男と会っていたのなら、かならず誰かが気づいたはずよ。ただ、そういう点に関しては、とても知恵のまわる子だったでしょうね」

バントリー夫人の注意がテニスコートのほうへ向いた。感心したようにいった。

「アディのテニス、ずいぶん上達したわね。魅力的な青年だこと、あのテニスのコーチ。アディもとっても美人だし。女としての魅力はまだまだ衰えてないわ――彼女が再婚しても、わたしはちっとも驚きませんよ」

「それに、ジェファースン氏が亡くなれば、お金もどっさり入ってくることだし」ミス・マープルはいった。

「まあ、そんな意地悪なことばかりいっちゃだめよ、ジェーン！　ねえ、どうして事件の謎が解けないの？　ちっとも進展してないじゃない。あなたなら、たちどころに解決してくれると思ったのに」バントリー夫人の口調には非難が含まれていた。

「そんな、無理よ。すぐにはわからなかったわ——しばらく時間がかかったのよ」

バントリー夫人は驚きの目で、まさかといいたげにミス・マープルを見た。

「ルビー・キーンを殺した犯人をすでにつきとめたっていうの？」

「ええ、そうよ」ミス・マープルは答えた。「わかりましたとも！」

「まあ、誰なの？　早く教えて」

ミス・マープルはきっぱりと首を横にふり、唇をすぼめた。

「悪いけど、ドリー、それはできないわ」

「どうしてできないの？」

「だって、あなた、口が軽いんですもの。あちこちでしゃべってまわるに決まってる——あるいは、しゃべらなくても、きっとほのめかすでしょうね」

「ううん、そんなことしない。ぜったい誰にもしゃべらない」

「そういうことをいう人にかぎって、約束を守らないものなのよ。誓っても無駄よ。調べなきゃいけないことがまだまだ残ってるの。はっきりしないことが多すぎるんですもの。ねえ、パートリッジの奥さんに赤十字の募金集めをしてもらうことに、わたしが大反対したの、覚えてる？　あのときは理由がいえなかったんだけど、じつは、あの奥さんの鼻がぴくって動いたからなの。うちのメイドのアリスとそっくりだったわ。アリスはね、わたしが本屋さんに払うお金を持たせて使いに出すとき、鼻をぴくっとさせたものだったの。本屋さんにはいつも、一シリングほどすくない額を払って、〃不足分は来週一緒に払います〃っていってたのよ。要するに、パートリッジの奥さんもそれとまったく同じことをやってたの。ただし、はるかに大きなスケールで。あの人が横領したお金は七十五ポンドにのぼったのよ」

「パートリッジの奥さんのことなんて、どうでもいいでしょ」バントリー夫人はいった。「でも、一応は説明しておかないと。気になるのなら、ヒントだけあげましょう。今度の事件が厄介だったのは、誰もがすべてを頭から信じこんでしまったからなの。人の言葉をすべて鵜呑みにするなんて、そんなことしちゃいけないわ。すこしでも不審な点があれば、相手が誰であろうと、わたしはぜったい信じません！　だって、人間の本性というものをさんざん見てきたから」

バントリー夫人は一分か二分ほど黙りこんだ。やがて、それまでとはちがう口調でいった。

「わたし、前にいったでしょ。事件を楽しんだっていいじゃないのって。わたしの家で本物の殺人事件があったんですもの！　こんなこと、もう二度とおきないと思うわ」

「ないように願いたいわね」ミス・マープルはいった。

「わたしだって同じ気持ちよ。ほんとは。一度でたくさん。でも、これはわたしの殺人事件なのよ、ジェーン。やっぱり楽しみたいわ」

ミス・マープルは夫人をじろっと見た。

バントリー夫人は喧嘩腰でいった。

「信じてくれないの？」

ミス・マープルはおだやかに答えた。

「信じますとも、ドリー、あなたがそういうのなら」

「あら、そう？　でも、あなた、人のいうことはぜったい信じないんでしょ？　いまそういったばかりじゃない。そうね、あなたのいうとおりだわ」バントリー夫人の声が急に苦々しさを帯びた。「わたしだってバカじゃないのよ。セント・メアリ・ミードの村に——それどころか、州全体に——どんな噂が広がってるか気づいてもいないんだって、あなたは思ってるかもしれないけど。誰も彼もが噂してるわ——火のないところに煙は立たないとか、アーサーの書斎で女が発見されたんだから、アーサーが何か知ってるにちがいないとか、あの女はアーサーの愛人だ、いや、隠し子だ、女がアーサーを脅迫してたんだとか、いろいろとね。ろくでもない頭に浮かんだことを、片っ端から噂にしてるの！　当分つづきそうよ！　最初のうち、アーサーは何も気づかないでしょう——みんなの態度が変だってことも知らずにいるでしょう。とってもお人好しだから、人からそんな目で見られてるなんて、夢にも思わないはずよ。ところが、周囲からよそよそしくされ、冷たい目を向けられるうちに、アーサーもすこしずつ気づきはじめて、ある日愕然とし、心をズタズタにされ、貝みたいに自分の殻に閉じこもって、じっと耐え忍ぶしかないみじめな毎日を送るようになってしまう。

わたしが今度の事件の真相をこと細かに探りだそうとして出かけてきたのは、アーサーがそういう目にあいそうだってことを見越したからなの。なんとしても、この殺人事件を解決しなきゃ！　そうしないと、アーサーの一生がめちゃめちゃになってしまう——そんなことさせるもんですか。断じて！」

バントリー夫人はしばらく黙りこみ、そしていった。

「うちの人が、やってもいないことのために地獄の苦しみを味わわされるなんて、わたしが許さない。アーサーを家に置いて、わたしだけがデーンマスにやってきた理由は、ただひとつ——事件の真相をつかむためなの」

「わかってますとも」ミス・マープルはいった。「だから、わたしも一緒にきたのよ」

第十四章

1

ホテルの静かな一室で、エドワーズはサー・ヘンリー・クリザリングの話をかしこまってきいていた。

「きみに尋ねたいことがいくつかあるのだが、エドワーズ、その前にまず、わたしのここでの立場をきちんと理解しておいてもらいたい。わたしはかつて、ロンドン警視庁の総監を務めていた。現在は引退して、一個人として暮らしている。今回の悲劇がおきたため、きみのご主人に呼ばれてこちらにやってきた。わたしの捜査術と経験を生かして真相を究明してほしいと頼まれたのだ」

サー・ヘンリーは言葉を切った。

エドワーズは水色の聡明そうな目を相手の顔に据えて、軽くうなずいた。「承知しております、サー・ヘンリー」

サー・ヘンリーはゆっくりと慎重に話をつづけた。

「いかなる事件の捜査においても、表に出てこない事実が数多く存在するものだ。その理由はというと——一家の秘密に触れることになるとか、事件とは無関係だとみなされるとか、関係者に恥をかかせたり、迷惑をかけたりすることになるとか、いろいろある」

ふたたび、エドワーズはいった。

「承知しております、サー・ヘンリー」

「エドワーズ、きみはすでに、今度の事件の要点をはっきり理解しているものと思う。殺された女はジェファースン氏の養女になる一歩手前だった。そこで、二人の人間に動機が生じる。そんなことになっては困るわけだからな。その二人とは、ギャスケル氏と、ジェファースン夫人だ」

従僕の目が一瞬、キラッと光った。「お二人に嫌疑がかかっているのかどうか、お尋ねしてもよろしいでしょうか」

「逮捕される心配はない。きみの尋ねたいのがそのことならば。だが、警察はいうまでもなく二人を疑っているし、事件が完全に解決するまで、その疑いは消えないだろう」

「お二人とも、まずい立場に置かれているわけですね」

「かなりまずいな。さて、真相を究明するためには、事件に関係した事実をひとつ残らず調べあげねばならん。そこで、ジェファースン氏と家族の反応が、その発言や態度が、重要な手がかりになってくる。彼らがどう感じたか、どんな態度をとったか、どんなことをいったか。エドワーズ、わたしがきみに尋ねたいのは、内輪の情報なんだ。きみしか知らないような内輪の情報。きみはご主人の気分の変化を知っている。そばで見ていれば、その原因もだいたい見当がつくと思う。わたしがこんなことを頼むのは、警察官としてではなく、ジェファースン氏の友人としてなんだよ。つまり、きみが話してくれたことのなかに、わたしから見て事件には関係ないと思われることがあれば、警察には伝えないつもりでいる」

そこで言葉を切った。エドワーズが静かにいった。

「承知いたしました。率直に話すよう求めておられるのですね。ふつうの状況であれば、わたくしが口にしてはならないことを、そして——失礼な言い方ですが——あなたのお立場では耳にできるはずのないことを、話してほしいとおっしゃるのですね」

サー・ヘンリーはいった。

「きみはじつに聡明な男だね、エドワーズ。わたしがいいたいのは、まさにそれなんだ」

エドワーズは一、二分黙りこんでから、話を始めた。

「もちろん、旦那さまのことはよく存じあげております。もう何年もお仕えしてきましたので。体調のいいときだけでなく、悪いときのお姿も見ております。ときどき、自分の心に問いかけることがございます——旦那さまのようなやり方で運命と闘うことが、はたしていいことなのだろうかと。旦那さまはそのために、ずいぶんと苦労をなさいました。いっそ闘いをあきらめて、不幸で、孤独で、打ちひしがれた老人になってしまわれれば、結局はそのほうが楽だったかもしれません。しかし、誇り高い旦那さまには、そんなことはできません。あくまでも闘いつづけるでしょう。それが旦那さまの生き方なのです。

しかし、そういう生き方をしていると、神経過敏になってくるものです。旦那さまはおだやかな紳士のように見えますが、カッとなって口もきけないぐらい怒り狂ったお姿を、わたくしは何度も見てまいりました。そして、旦那さまがカッとなさるのは、人にだまされたときで……」

「そんな話をするのには、何か特別な理由があるのかね、エドワーズ」

「はい、ございます。率直に話すようにとおっしゃいましたね」

「うん、そうとも」

「では、申しあげますが、サー・ヘンリー、わたくしから見まして、旦那さまがかわいがっておられたあの若い女には、そのような価値はなかったと存じます。ぶしつけな言い方ですが、つまらない小娘でした。しかも、旦那さまへの愛情など、ひとかけらもありませんでした。いかにもやさしげな、感謝にあふれた態度をとっていても、すべて芝居でした。あの女に悪意があったとは申しません——ですが、けっして、旦那さまが思っておられたような女ではなかったのです。まったく、ふしぎなことですね。旦那さまはあんなに洞察力のある方だったのに。人を見る目が曇ることはめったになかったのに。しかし、若い女性が相手となると、いかに紳士といえども、判断力が狂ってしまうものです。じつを申しますと、旦那さまは若奥さまのように若奥さまの思いやりをいつも心の支えにしてこられたのですが、この夏、若奥さまが別人のようになってしまわれました。旦那さまもそれに気づいて、ひどく落胆なさいました。若奥さまがお気に入りでしたからね。マークさまのことは、あまりよく思っておられませんが」

サー・ヘンリーは言葉をはさんだ。

「だが、いつも彼をそばに置いていただろう？」

「はい、ですが、それはロザモンドお嬢さまのためでした。つまり、ギャスケル夫人ですね。旦那さまにとっては、大切な、大切なお嬢さまでした。溺愛しておられました。マークさまはロザモンドお嬢さまの夫です。旦那さまから見れば、あくまでもそれだけのことでした」

「マーク氏がほかの誰かと再婚したら、どうなるだろう」

「さぞかし憤慨なさることと存じます」

サー・ヘンリーは眉をあげた。「そこまでいくかねえ」

「顔にはお出しにならないでしょうが、ご立腹なさるのはまちがいありません」

「では、若夫人が再婚した場合は？」

「それもやはり、お気に召さないでしょう」

「さて、さっきの話にもどろうか、エドワーズ」

「さきほどいいかけたことですが、旦那さまはあの女にすっかり心を奪われておいででした。わたくしがこれまでお仕えしてきた紳士がたにも、よくそういうことがございました。まるで病気にかかったようなものですね。女を守ってやりたい、後ろ盾になってやりたいと思い、何くれとなく面倒を見てやるのですが、女のほうは十人のうち九人までがじつにしたたかで、大きなチャンスを見抜く鋭い目をしているのです」

「では、ルビー・キーンは詐欺師だったというのかね」

「そうですねえ、年齢が若すぎて、とても未熟でしたが、いずれ慣れてくればみごとな詐欺師になれる素質は、充分に備えていたといえましょう。あと五年もすれば、男をだます名人になっていたはずです！」

サー・ヘンリーはいった。

「ルビー・キーンに対するきみの意見をきくことができて、参考になったよ。貴重な意見だ。さて、養女の件をめぐって、ジェファースン氏と家族のあいだで議論がなされたことはなかったかね」

「そのような議論はほとんどございませんでした。旦那さまがご自分の考えを述べられて、反対意見はすべて退けてしまわれたのです。遠慮なくものをおっしゃるマークさまも、何もいえませんでした。若奥さまは何もおっしゃらず――おとなしい方ですから――ただ、あまり急いで事を進めないでほしいと、旦那さまにお頼みになっただけでした」

サー・ヘンリーはうなずいた。

「ほかには？　ルビーはどんな様子だった？」

従僕は嫌悪感を露骨に見せて答えた。

「大喜びしていたと申しあげてよろしいかと存じます」

か」

「ほう――大喜びね。ところで――」サー・ヘンリーはエドワーズの心境にぴったり合いそうな言葉を探し求めた。「ルビーの愛情はどこかよそへ向けられていたのだろうか」

「旦那さまは結婚の申しこみをなさったわけではありません。養女にするつもりでおられたのです」

「はぐらかすのはやめて、率直に答えてもらいたい」

従僕はゆっくりといった。「そういえば、一度、こんなことがございました。たまたま、わたくしが目撃したのですが」

「それは好都合だ。話してくれ」

「べつになんの意味もないのかもしれませんが。ある日、ミス・キーンがハンドバッグをあけたときに、小さなスナップ写真が落ちたのです。旦那さまがすかさずそれを拾って、おっしゃいました。〝おやおや、ルビー、これは誰だね〟と。

若い男性のスナップ写真でした。浅黒い肌をした青年で、髪がいささか乱れていて、ネクタイはひどくゆがんでいました。

ミス・キーンは何も知らないようなふりをしました。〝こんな人、知らないわ、ジェフィ。会ったこともない人よ。どうしてあたしのバッグに入ってたんだかわからない。

入れた覚えなんかないのに！〟

しかし、旦那さまもバカではありません。そんな弁明で納得なさるわけがありません。ムッとした顔になり、眉を大きくひそめて、つっけんどんな声でおっしゃいました。

〝こらこら、ルビー、ごまかしてもだめだよ。この男が誰なのか、よく知ってるくせに〟

ミス・ルビーはたちまち戦術を変えました。おびえた表情を見せました。〝そうだわ、思いだした。ときどきここにきてる人で、あたし、一緒に踊ったことがあるの。名前なんか知らないわ。そのバカ男があたしのバッグに自分の写真をつっこんだのよ、きっと。ああいう男って、バカだから、何するかわかりゃしない！〟といいました。頭をさっと払い、クスッと笑って、その場をごまかしました。でも、そんな話が信じられるでしょうか。旦那さまも信じてはおられなかったと思います。そのあとも一度か二度、ミス・ルビーに鋭い視線を向けておいででしたし、ときには、ミス・ルビーが外出すると、どこへ行っていたのかと彼女にお尋ねになることもありました」

サー・ヘンリーはいった。「その写真の当人を、ホテルのなかで見かけたことはないかね」

「わたくしの知るかぎりでは、一度もございません。もっとも、わたくし、階下のパブリック・スペースへはあまりまいりませんので」

サー・ヘンリーはうなずいた。さらにいくつか質問したが、エドワーズに話せることはそこまでだった。

2

デーンマスの警察署で、ハーパー警視は、ジェシー・デイヴィス、フロレンス・スモール、ベアトリス・ヘニカー、メアリ・プライス、リリアン・リッジウェイから話をきいていた。

ほぼ同年代の少女たちだが、知性にはいくらか差があった。〝地方の素封家〟の娘、農夫の娘、商店主の娘など、階級もさまざまだった。だが、誰の話もまったく同じだった――パメラ・リーヴズはふだんとまったく変わりなかった。〈ウルワース〉へ買物に行って、遅いバスで家に帰るつもりだといっただけで、それ以外の話は何もしなかった。

ハーパー警視のオフィスの隅に、一人の老婦人がすわっていた。少女たちは老婦人にはほとんど気づいていなかった。もし気づいたなら、いったい誰だろうと首をかしげたかもしれない。どう見ても、婦人警官というタイプではなかった。たぶん、自分たちと同じく事情聴取のために呼ばれた証人だと思ったことだろう。

最後の少女がオフィスを出ていった。ハーパー警視は額の汗を拭ってから、向きを変えてミス・マープルを見た。物問いたげな視線だったが、そこには希望の色はなかった。

しかしながら、ミス・マープルは歯切れよくいった。

「フロレンス・スモールと話をさせてください」

ハーパー警視の眉が跳ねあがったが、うなずいて、ベルを押した。巡査がやってきた。

警視はいった。「フロレンス・スモールを呼んでくれ」

巡査に案内されて、ふたたび少女が入ってきた。彼女は裕福な農家の娘だった。背の高い少女で、髪は金色だが、口元にしまりがなく、茶色の目に怯えが浮かんでいた。両手をしきりにねじりあわせ、おどおどしていた。

ハーパー警視がミス・マープルに目を向けると、ミス・マープルはうなずいた。

警視は立ちあがった。

「このご婦人からきみにいくつか質問があるそうだ」

彼はオフィスを出て、うしろ手にドアを閉めた。

フロレンスはミス・マープルに不安そうな視線を向けた。その目は彼女の父親が飼っている子牛にちょっと似ていた。

ミス・マープルはいった。「さあ、すわって、フロレンス」

フロレンスはおとなしく腰をおろした。自分では意識していなかったが、急に不安が薄れて、くつろいだ気分になっていた。なじみのない、威圧するような警察署の雰囲気が消えて、指示を出すことに慣れた人間が采配をふるっているという、慣れ親しんだ日常的な感覚に変わっていた。ミス・マープルはいった。

「フロレンス、かわいそうなパメラの亡くなった当日の行動を残らず調べあげることが、とっても重要なんだってことは、あなたにもわかるわね」

フロレンスはよくわかると、小声でぼそぼそいった。

「もちろん、力のおよぶかぎり協力したいと思ってるでしょ?」

フロレンスは目に警戒の色を浮かべながら、そのつもりだと答えた。

「知ってることを隠したりしたら、とても重い罪になるのよ」ミス・マープルはいった。

少女の指が膝の上で不安そうにねじりあわされた。一度か二度、生唾を飲みこんだ。

「無理もないわね」ミス・マープルは話をつづけた。「いきなり警察に呼ばれたりして、怯えてしまったのは当然だわ。いままで隠しごとをしてたんで、叱られるんじゃないかとびくびくしてたんでしょ。それから、あのときパメラを止めなかったことについても叱られそうな気がして、怖かったんでしょ。でも、勇気を出して、すべて正直に話してちょうだい。知ってることを話すのを拒んだら、大変なことになるわ——とても大変なことなのよ——偽証罪も同然ですもの。そんなことしたら、刑務所に入れられるかもしれないわ」

「あたし——何も——」

ミス・マープルはぴしっといった。

「言い逃れはききませんよ、フロレンス！　いますぐ、何もかも話しなさい！　パメラは〈ウルワース〉へ行ったんじゃないんでしょ？」

フロレンスは乾いた舌で唇をなめ、すがるような目でミス・マープルをみつめた。食肉処理場へ連れていかれる牛のような目つきだった。

「映画と関係のあることだったんでしょ」ミス・マープルが尋ねた。

畏敬の念と深い安堵の入りまじった表情がフロレンスの顔をよぎった。心理的な抑圧から解放されたのだ。フロレンスは吐息をついた。

「ええ、そうなんです！」

「やっぱりね」ミス・マープルはいった。「さあ、すべてくわしく話してちょうだい」

フロレンスの口から言葉が奔流となってあふれでた。

「ああ！　あたし、すごく悩んでたの。ぜったい誰にもいわないってパムに約束したんです。そしたら、あの車からパムの焼死体が見つかって――ああ！　すごく怖くて、あたしも死んでしまいたかった。全部あたしのせいだと思って。パムを止めればよかった。でも、こんなことになるなんて、あのときは思いもしなかったんです。あの日のパムはふだんと変わりなかったかって尋ねられたとき、あたし、ろくに考えもせずに〝はい〟って答えてしまったの。ほんとのことをいいそびれてしまったから、あとはもう何もいえませんでした。それに、はっきりいって、あたしは何も知らなかったし――パムが話してくれたこと以外、何も知らなかったんです」

「パムはあなたに何を話したの？」

「バスに乗ろうとして、二人で小道を歩いてたときでした。大会に出かける途中だったの。秘密が守れるかってパムにきかれたんで、〝もちろん〟って答えたら、誰にもしゃべらないことを約束させられました。パムは大会が終わったらデーンマスまで行って、カメラテストを受けるつもりだったんです！　映画のプロデューサーと出会ったんですって。ハリウッドからもどってきたばかりの人で、ある役を演じられそうな子を捜してて、きみこそイメージにぴったりだって、その人がパムにいったそうなの。ただし、かならず合格とはかぎらないって、釘をさされたみたい。カメラ映りを見てみないことには判断できないらしいの。まるっきりだめな場合もあるのね。そのプロデューサーの話では、ベルクナー（エリザベート・ベルクナー。『御気に召すまま』など、おもに三〇年代イギリス映画で活躍）が演じるような役なので、すごく若い子じゃないとだめなんだって。その役って、女学生で、レビューの女優と立場を交換して、大スターになっていくの。パムは学校で演劇やってて、ものすごく上手だったのよ。プロデューサーには、きみに演技力があるのはわかるけど、本格的にトレーニングする必要があるっていわれたそうよ。遊び半分じゃできないって。すごく辛い稽古らしいわ。パムったら、そんな稽古についていけると思ってたのかしら」

フロレンス・スモールは一息入れようとして話を中断した。ミス・マープルは無数の小説や映画のあらすじが滔々と説明されるのに耳を傾けながら、うんざりしていたところだった。パメラ・リーヴズも見知らぬ人間と話をしてはいけないと、親から注意されていたのだろうが、映画の魅力には勝てなかったのかもしれない。

「プロデューサーはすごくビジネスライクだったそうよ」フロレンスは話をつづけた。「こういったんだって――カメラテストに合格したら、契約を結ぶことになる、きみはまだ若くて経験もないから、契約書にサインする前に弁護士に目を通してもらう必要がある。でも、人にはこんなこと話しちゃだめだって、プロデューサーに口止めされたそうよ。両親に反対される心配はないかってきかれて、たぶん反対されると思うってパムが答えたら、向こうはこういったんですって。〝うん、そりゃそうだね。きみみたいな若い子にはつねにその問題がつきまとう。しかし、これが百万人に一人めぐり会えるか会えないかのすばらしいチャンスであることをご両親に説明すれば、きっとわかってくれると思うよ。でも、とにかく、テストの結果が出るまでは、そんな心配をしても仕方がない。不合格でもがっかりしちゃだめだよ〟って。それから、ハリウッドのことや、ヴィヴィアン・リーのことを話してくれたの。ヴィヴィアン・リーがロンドンの演劇界に旋風を巻きおこした話とか、あっというまに人気スターになった話とか。そのプロデューサー自身も、レンヴィル・スタジオと提携して、イギリスの映画業界に新風を吹きこむために、アメリカからもどってきたんですって」

ミス・マープルはうなずいた。

フロレンスはさらにつづけた。

「でね、つぎのように決まったの。ガールガイドの大会が終わったら、パムはデーンマスへ行って、プロデューサーの泊まってるホテルで落ちあい、スタジオへ連れてってもらう。デーンマスにテスト用の小さなスタジオがあるんですって。そこでテストを受けて、そのあと、バスで家に帰る。親には買物をしていたといえばいい。テストの結果はプロデューサーが数日中に連絡してくれる予定で、合格だったら、スタジオのハームステイターという所長さんがパムの家にきて、両親にきちんと話をしてくれる。ね、ほんとにもう、夢のような話でしょ！　あたし、羨ましくてたまらなかった！パムったら、何食わぬ顔で大会に出て——いつも、みんなから〝正真正銘のポーカー・フェース〟って呼ばれてたんですもの——でね、デーンマスの〈ウルワース〉へ買物に行くって、みんなにいったとき、あたしにちらっと片目をつぶってみせたんです。あたし、パムが小道を遠ざかっていくのを見送りました」

ここでフロレンスは泣きだした。

「あたしが止めればよかったんだわ。止めればよかった。そんなうまい話があるわけないって、見抜かなきゃいけなかったのに。あたしが誰かに相談すればよかったんです。ああ、どうしよう、あたしも死んでしまいたい！」

「ほらほら、泣かないで」ミス・マープルは少女の肩をやさしく叩いた。「気にしなくていいのよ。誰もあなたを責めやしないわ。わたしに打ち明けてくれてよかった」

ミス・マープルは少女を元気づけようと、数分のあいだ心を砕いた。

それから五分後、彼女はハーパー警視に一部始終を語っていた。警視は苦りきった表情だった。

「とんでもない悪党だ！　くそ、この手で化けの皮をはいでやる。これで事件の様相がかなりちがってきましたな」

「ええ、そうですね」

ハーパー警視は横目で彼女を見た。

「驚いておられないようですが？」

「だいたい予想はついていました」

ハーパー警視はふしぎそうにいった。

「何を根拠にあの少女に目をつけられたんですか。わたしの見たかぎりでは、みんな、死ぬほど怯えていて、どの子が怪しいのか、さっぱりわかりませんでしたが」

ミス・マープルはおだやかに答えた。

「嘘をつく女の子を相手になさった経験が、わたしほどおありにならないからよ。覚えておいでかしら――フロレンスもほかの子と同じように、あなたをまっすぐみつめて、こわばった姿勢で立ち、脚だけをもじもじさせていました。でも、ドアから出ていくときのフロレンスの顔はごらんにならなかったでしょ。わたしはその瞬間、あの子が何か隠していることを見抜きました。そういう子は、とたんにほっとした表情になるんです。うちにいたメイドのジャネットがいつもそうでした。ネズミがケーキの端っこをかじったなどと、もっともらしく弁解しても、部屋を出る瞬間にふっと笑みを浮かべるものだから、嘘だとばれてしまうのです」

「いやあ、本当に助かりました」ハーパーはいった。

考えこみながら、さらにつけくわえた。「レンヴィル・スタジオか……」

ミス・マープルは何も答えなかった。立ちあがった。

「申しわけございませんが、急いで失礼しなくては。お役に立ててよかったです」

「ホテルにもどられるんですか」

「ええ――荷物をまとめに。一刻も早くセント・メアリ・ミードにもどらなくてはなりません。向こうでやることがどっさりありますので」

第十五章

1

ミス・マープルは客間のフランス窓から外に出て、きれいに手入れされた庭の小道をたどり、門をくぐり、牧師館の庭の門を抜け、庭を通って客間の窓まで行き、窓ガラスをそっと叩いた。

牧師は書斎で日曜の説教の原稿を書くのに忙しそうだったが、若くて美人の妻は暖炉のラグの上ではいはいしているわが子を、目を細めて見ているところだった。

「お邪魔してもいいかしら、グリゼルダ」

「まあ、どうぞ、ミス・マープル。デヴィッドを見てくださいな！　この子ったら、うしろ向きのはいはいしかできなくて、ひどくむくれてるんです。行きたい場所があるのに、やればやるほどあとずさって、石炭入れにぶつかってしまうのよ！」

「ほんとにかわいい子ねえ、グリゼルダ」

「まああでしょ?」若い母親は無関心な態度を装おうと必死だった。「もちろん、あまり甘やかさないようにしてますのよ。どの育児書を見ても、子供に手をかけるのはなるべくやめるようにって書いてありますし」

「とても賢明なことだわ」ミス・マープルはいった。「あのう、今日お邪魔したのは、現在何か特別な募金をしてらっしゃらないか、お尋ねしたかったからなの」

牧師の妻はいささか驚いたような目を彼女に向けた。

「ええ、そりゃたくさんありますよ」と、陽気に答えた。「募金は年中やってますもの」

指を折りながら挙げていった。

「まず、教会の身廊の修復基金、それから、セント・ジャイルズ布教区のための募金、来週水曜日にひらかれる手作り品即売会、未婚の母親の会、ボーイスカウトの遠足、針仕事の会、主教さまが主催なさってる遠洋漁業援護運動」

「そのどれでもいいんですけど」ミス・マープルはいった。「わたしにまわらせてもらえないかしら――募金箱を持って――あなたがまかせてくださるのなら」

「何か目的がおありなの? きっとそうだわ。ええ、ええ、おまかせしますとも。手作り品の即売会はどうかしら。趣味の悪い匂い袋や、へんてこなペン拭きや、かわいくもない子供服や、人形みたいなデザインの布巾なんかの代わりに、すこしでも現金が集まれば、大助かりですわ」

グリゼルダは客をフランス窓まで送りながら、さらにつづけた。「でも、どうしてこんなことなさるのか、理由は教えていただけないんでしょうね」

「いずれそのうちに」ミス・マープルはそういうと、急いで立ち去った。

若い母親はためいきをついて、暖炉のラグのところにもどると、甘やかさずにきびしく育てるという主義を実行するために、子供のお腹を三回軽くこづいた。すると、子供は母親の髪の毛をつかみ、はしゃいだ声をあげてひっぱった。それから、二人でふざけてころげまわっていたら、いきなりドアがひらいて、牧師館のメイドが教会の信者のなかの最有力者（しかも、子供嫌いの人物）にこう告げた。

「奥さまはこちらです」

そのとたん、グリゼルダはさっと立ちあがり、牧師の妻にふさわしい威厳をとりつくろった。

2

ミス・マープルは鉛筆で書き込みをした黒い小さなノートを手にして、村の通りをきびきびと歩き、やがて、十字路までやってきた。ここで左に曲がり、〈ブルー・ボア〉亭の前を通りすぎて、チャツワース邸――またの名を〝ブッカー氏の新築一軒家〟にたどり着いた。

門を入り、玄関に近づいて、勢いよくノックした。

ドアをあけたのは、ダイナ・リーという名前の若い金髪女だった。化粧はいつもほど丹念ではなく、はっきりいって、いささかやつれて見えた。グレイのスラックスに、エメラルド色のセーターという装いだった。

「おはようございます」ミス・マープルは明るい声で歯切れよくいった。「ちょっとだけお邪魔してもよろしいかしら」

そういいながら前に進みでたので、この訪問にうろたえていたダイナ・リーには、心を決める暇もなかった。

「まあ、ありがとうございます」ミス・マープルは彼女に愛想のいい笑顔を向けて、〝時代もの〟の竹の椅子に恐る恐る腰をおろした。

「この季節にしては、ほんとに暖かですこと」あいかわらず愛想の良さをふりまいて、ミス・マープルはつづけた。

「ええ、まあ。そ、そうですね」ミス・リーは答えた。

突然の客をどう扱えばいいのかと途方に暮れて、箱をひらき、客にさしだした。「あの――煙草はいかが？」

「まあ、ご親切にどうも。でも、わたし、煙草はすいませんのよ。今日お邪魔しましたのは、来週予定されている手作り品即売会にご協力いただけないかと思いまして」

「手作り品即売会？」ダイナ・リーは外国語の文句をくりかえすような口調でいった。

「牧師館で。来週の水曜日に」

「まあ！」ミス・リーの口がぽかんとひらいた。「申しわけないけど、あたしには――」

「ほんのすこし、ご寄付をいただけません？――半クラウンでもいいんですの」

ミス・マープルは手にした小さなノートを見せた。

「あ――ああ――それだったら、ええ、協力できるわ」

女はほっとした表情になり、横を向いて、ハンドバッグのなかを探った。

ミス・マープルの鋭い目が室内を見まわした。

こういった。

「暖炉の前にラグを置いてらっしゃらないのね」

ダイナ・リーはふりむいて、ミス・マープルをみつめた。老婦人の鋭い視線が自分のほうを向いていることに気づかないわけにはいかなかったが、かすかに当惑しただけで、ほかにはなんの感情も湧かなかった。ミス・マープルもそれを見てとった。

「ラグを敷いておかないと危険ですよ。火花が飛んで、絨毯に焼け焦げができたりしますもの」

（おかしなおばあさんね）ダイナは思ったが、ちょっと曖昧ではあるものの、いたって愛想のいい返事をした。

「いつも敷いてあったのよ。どこへ行ってしまったのかしら」

「ひょっとして」ミス・マープルはいった。「ふわふわした、羊毛のものじゃありません？」

「羊ねえ……」ダイナは答えた。「そういえば、そんな感じだったわ」

今度は興味を覚えはじめた。風変わりなおばあさんだこと。

半クラウン銀貨をさしだした。「じゃ、これを」

「まあ、ありがとうございます」

ミス・マープルは銀貨を受けとり、小さなノートをひらいた。

「あの――お名前はなんて書けばよろしいかしら」

ダイナの目が急に険しくなり、軽蔑の色を浮かべた。

（おせっかいなおばあさんだわ。そのためにわざわざやってきたのね――スキャンダルを探りだすために！）

意地の悪い喜びを覚えながら、はっきりと答えた。

「ミス・ダイナ・リーよ」

ミス・マープルは相手をじっとみつめた。

「ここはバジル・ブレイクさんのコテージですよね」

「そうよ。そして、あたしはミス・ダイナ・リーなの！」

彼女は頭をもたげ、青い目を輝かせて、挑みかかるように叫んだ。

ミス・マープルは落ち着き払って彼女を見た。こういった。

「ちょっと忠告させていただいてもいいかしら。お節介だと思われるかもしれませんけど」

「そりゃ、お節介だと思うでしょうね。何もいわないでもらいたいわ」

「そうおっしゃっても」ミス・マープルはいった。「敢えていわせていただきます。あなたに強く忠告しておきたいの。村で旧姓を名乗るのは、もうおやめになったほうがいいですよ」

ダイナはミス・マープルを凝視した。

「どう――どういう意味？」

ミス・マープルは真剣な口調で答えた。

「もうじき、あなたがありったけの同情と善意を必要とするようになるからです。あなたのご主人にとっても、村のみんなから良く思われることが重要になってくるでしょう。古風な田舎の村には、結婚もせずに同棲している人に対する偏見があります。あなたたちお二人は同棲してるふりをして、おもしろがってらしたんでしょう。そうすれば、村の人たちを遠ざけておけるし、いわゆる〝旧式なババア〟どもに煩わされずにすみますものね。でも、旧式なババアにもそれなりの使い道はあるんですよ」

ダイナはきいた。

「あたしたちが結婚してること、なんでわかったの？」

ミス・マープルは申しわけなさそうに笑みを浮かべた。

「まあ、やっぱり」といった。

ダイナはしつこく尋ねた。

「やだ。なんでわかったの？　まさか――まさか、サマセット・ハウスへ出かけて、戸籍を調べたんじゃないでしょうね」

一瞬、ミス・マープルの目に光が宿った。

「サマセット・ハウス？　いえ、とんでもない。でも、推測するのはとても簡単でした。どんな噂もすぐに村じゅうに流れますからね。たとえば――そうね――あなたたちがやった喧嘩の数々も。あれは新婚夫婦がよくやる喧嘩ですよ。籍の入っていない男女だったら、ぜったいにあんな喧嘩はしませんね。昔からいわれているように――これはまさに真理だと、わたしも思っていますが――結婚してみて初めて、本気で喧嘩できるものなんです。正式に結婚していない場合は、相手にもっともっと気を遣い、すべてがどんなに幸福で平穏かを、たえず自分たちにいいきかせなくてはなりません。つまり、自分たちの仲を正当化しなきゃいけないんです。喧嘩なんてとてもできません！　でも、わたしの見たところ、結婚している夫婦は、自分たちの喧嘩と――そのう――適当な仲直りを、心から楽しんでいるのです」

ミス・マープルは言葉を切って、おだやかにまばたきした。

「でも、あたしは――」ダイナはそこで黙りこみ、笑いだした。腰をおろして、煙草に火をつけた。「まったく、信じられない人ね！」といった。

さらにつづけた。

「でも、どうして、結婚してることを白状して、世間の信用を得るようになっておっしゃるの？」

ミス・マープルの顔は真剣だった。

「なぜなら、あなたのご主人がいまにも殺人容疑で逮捕されるかもしれないからです」

3

ダイナはしばらくのあいだ、呆然とミス・マープルをみつめていた。やがて、信じられないという口調で尋ねた。

「バジルが？　殺人？　それって冗談？」

「いいえ、本気です。新聞を読んでらっしゃらないの？」

ダイナは息を呑んだ。

「それって——マジェスティック・ホテルにいたあの女？　バジルにあの女を殺した疑いがかかってるの？」

「ええ」

「そんなバカな！」

家の外で車の音がして、門がバタンとあくのがきこえた。酒のボトルを何本か抱えたバジル・ブレイクが玄関ドアを勢いよくひらいて入ってきた。

「ジンとベルモットを買ってきたぜ。ほら――」

バジルは黙りこみ、背筋をまっすぐに伸ばしてすわっている、つんとすました客のほうに、不審そうな目を向けた。

ダイナが息を切らして叫んだ。

「この人、おかしいんじゃない？　あのルビー・キーンって女を殺した容疑で、あんたが逮捕されるっていってるのよ」

「そんな！」バジル・ブレイクの腕からボトルが落ちて、ソファにころがった。彼はよろよろと椅子まで行き、くずれるようにすわりこんで、両手に顔を埋めた。「そんな！ああ、どうしよう！」

ダイナがそばに駆け寄って、彼の肩をつかんだ。

「バジル、あたしを見て！　そんなの嘘でしょ！　嘘に決まってるわよね！　そんなこと、あたし、一秒だって信じない！」

彼の手が上に伸びて、ダイナの手を握りしめた。

「やさしいね、おまえは」

「でも、どうしてあんたにそんな疑いが……あの女とは、顔見知りでもなんでもなかったんでしょ？」

「いいえ、ご存じだったはずよ」ミス・マープルはいった。

バジルが荒々しくどなった。

「黙ってろ、このババア。きいてくれ、ダイナ、あの女のことはほとんど知らなかったんだ。マジェスティックで一度か二度、顔を合わせただけ。それだけさ。誓ってもいい」

ダイナは戸惑っていた。

「さっぱりわからないわ。だったら、どうしてあんたに疑いがかかるのよ」

バジルはうめいた。両手で目をおおい、身体を前後に揺すりはじめた。

ミス・マープルがきいた。

「暖炉の前のラグはどうなさったの？」

バジルは機械的に答えた。

「ごみ箱に捨てた」

ミス・マープルは腹立たしげに舌打ちした。

「愚かなことを――ほんとに愚かだわ。上等の敷物をごみ箱に捨てるなんて、ふつうの人はしませんよ。たぶん、あの女のドレスから落ちたスパンコールがくっついてしまったんでしょうね」

「そうさ。どうしてもとれなかった」

ダイナが叫んだ。「ねえ、二人でなんの話をしてるのよ」

バジルがむっつり答えた。

「このばあさんにきいてくれ。何もかも知ってるみたいだから」

「何があったのか、わたしに推測できる範囲でお話ししましょう」ミス・マープルはいった。「まちがってたら、訂正してくださいね、ブレイクさん。あなたはあの晩のパーティで奥さんと大喧嘩したあと、たぶん、しこたまお酒を飲んでから、車でここにもどってきたんでしょう。何時に帰ってらしたのか、わたしにはわかりませんが――」

バジル・ブレイクは不機嫌な声でいった。

「午前二時ごろだった。最初は町まで行くつもりだったが、郊外に出たときに気が変わったんだ。ダイナがおれを追っかけて帰ってくるんじゃないかと思ってね。それで、車でひきかえした。家は真っ暗だった。ドアをあけて、灯りをつけたら、そこに――そこに――」

バジルは息を呑み、黙りこんだ。ミス・マープルがあとをつづけた。

「暖炉のラグの上に、女が倒れてたんでしょう――白いイブニング・ドレスの女が――首を絞められて。どこの女なのか、あなたがその場で気づいたかどうか、わたしにはわかりませんが――」

バジル・ブレイクは激しく首をふった。

「最初にちらっと見ただけで、あとは見てないんだ――顔が真っ青で――むくんでいた。死んでからしばらくたってるみたいで、それがそこに倒れてたんだ――おれの部屋に！」

バジルは身震いした。

ミス・マープルはおだやかにいった。

「あなた、きっと、気が転倒してしまったでしょうね。頭が混乱して、神経がまいってしまった。たぶん、パニックに陥ったんでしょう。どうすればいいかわからなくて――」

「いまにもダイナが帰ってきそうで、気が気じゃなかった。そしたら、死体と一緒のとこを見られちまう――女の死体だ――ダイナはきっと、おれが殺したと思うだろう。そのとき、ある考えがひらめいた——そのときは、なぜかわからないけど、名案だと思った——バントリー大佐の書斎に投げこんでやろうと思ったのさ。威張りくさったオヤジでさ、いつも人を見下して、おれのことなんかも、芸術かぶれの女々しい男だと嘲笑ってやがったからな。威張りくさったあのオヤジには当然の報いだと、おれは考えた。自分ちの暖炉の前で美人の死体が見つかったら、世間のいい笑いもんだ」バジルは哀れなまでの熱っぽさをこめて、弁解をつづけた。「あのときはちょっと酔っぱらってたからな。ひどく愉快なことに思えたんだ。バントリーのオヤジと、金髪の死体の組み合わせが」

「なるほど」ミス・マープルはいった。「トミー・ボンドって男の子も同じようなことを考えたものですよ。劣等感のかたまりみたいな、感じやすい少年でね、先生からいつも目の敵にされてるっていってました。で、時計のなかにカエルを入れておいたら、そのカエルが先生に飛びついてしまったの」

ミス・マープルはさらに話をつづけた。

「あなたも似たようなものだけど、もちろん、カエルよりも死体のほうがずっと問題が深刻ですよ」

バジルはふたたびうめいた。

「つぎの朝には、すっかり素面にもどってた。自分のやったことの重大さに初めて気がついた。怖くてたまらなくなった。と、そこへ警察がやってきた。州警察の本部長とかいう、これまた威張りくさったオヤジだった。びびったね――それを隠すには、わざと横柄な態度をとるしかなかった。その最中に、ダイナが車で帰ってきたんだ」

ダイナが窓の外を見た。

「車がやってくるわ……男が何人か乗ってる」

「警察ですよ、たぶん」ミス・マープルはいった。

バジル・ブレイクが立ちあがった。不意に、ひどく冷静で毅然たる態度になった。笑みすら浮かべていた。

「おれを逮捕しにきたんだな。よし、ダイナ、落ち着いてくれ。シムズさんに連絡をとるんだ――わが家の顧問弁護士だからね――そして、おふくろのとこへ行って、おれたちの結婚のことをすべて話してくれ。おふくろは嚙みつきゃしないから。心配しなくていいんだよ。おれはやってない。ちゃんとわかってもらえるさ。いいね？」

コテージのドアにノックの音がした。バジルが「どうぞ」といった。スラック警部がもう一人の刑事を従えて入ってきた。

「バジル・ブレイクさんだね」

「ええ」

「ここに逮捕状がある。九月二十一日の夜にルビー・キーンを殺害した容疑により、きみを逮捕する。きみのいかなる発言も裁判のときに証拠として使われる可能性があることを、ここで警告しておく。さて、一緒にきてもらおうか。弁護士と連絡をとるための便宜は充分にとりはからう」

バジルはうなずいた。

ダイナのほうを見たが、彼女に手を触れようとはしなかった。

「じゃあな、ダイナ」

(クールな野郎だ) スラック警部は思った。

軽い会釈と、〝おはようございます〟の挨拶で、ミス・マープルの存在に気づいていることを示しながら、警部は心のなかでひそかに考えた。

(抜け目のない婆さんだ。もう嗅ぎつけたのか！　暖炉のラグを警察のほうで見つけだせて、ほんとによかった。おまけに、スタジオの駐車場係の話から、ブレイクがパーティを抜けだしたのは夜中の十二時じゃなくて十一時だったことがわかったしな。といっても、やつの友達連中が偽証したわけではないだろう。みんな、ぐでんぐでんに酔ってたし、その翌日、パーティ会場をあとにしたのは十二時だったとブレイクがいいはったものだから、周囲はそれを信じてしまったんだ。ふん、これでブレイクも年貢の納めどきだな！　精神鑑定にかけられるだろう。絞首刑じゃなくて、ブロードムアの収容所行きだな。最初がリーヴズ家の娘。たぶん、絞殺して、車で石切場まで運んでから、歩いてデーンマスにひきかえし、どこかの脇道に停めておいた自分の車に乗ってパーティ会場へ行き、ふたたびデーンマスにもどり、ルビー・キーンをここまで連れてきて絞殺し、バントリー大佐の書斎に投げこみ、そのあと、石切場の車のことが心配になったものだから、自分の車でそこまで走って、火をつけて、ここにもどってきたのさ。めちゃくちゃだ——セックスと血に飢えた男——この女が毒牙にかからなくて幸いだったよ。異常者の連続殺人ってケースだね）

ミス・マープルと二人きりになったところで、ダイナ・ブレイクは彼女のほうを向いた。

「あなたが誰なのか知りませんけど、これだけはわかってくれますよね——バジルがやったんじゃないって」

ミス・マープルはいった。

「わかってますとも。誰が犯人かもわかっています。でも、立証するのは生易しいことじゃないでしょう。あなたがさきほどおっしゃった何かが役に立ちそうな気がするんですけど……。それをきいた瞬間、ふっと思いついたんです——わたしが捜していた関係を見つける手段を——あら、なんだったのかしら」

第十六章

1

「ただいま、アーサー！」夫の書斎のドアを勢いよくあけながら、バントリー夫人はまるで王室の発表のごとき口調で叫んだ。

バントリー大佐はすぐさま立ちあがり、妻にキスして、心をこめていった。「よかった、よかった、よく帰ってきてくれたね！」

その言葉は申し分なくすばらしく、大佐の態度も温かかったが、バントリーの夫人という役目を長年にわたって果たしてきた愛情深い妻は、そんなものにだまされはしなかった。すぐさま尋ねた。

「何かあったの？」

「いや、何もありゃしないよ、ドリー。なんでそんなことときくんだね」

「そうね、よくわからないけど」バントリー夫人は曖昧に答えた。「なんとなく変じゃない？」

彼女がそういいながらコートを脱ぎ捨てると、大佐がていねいに拾いあげて、ソファの背にかけた。

すべていつもどおりだった。だが、微妙にいつもとちがっていた。この人——バントリー夫人は思った——身体が縮んでしまったみたい。前よりも痩せて、背中が丸くなったように見える。目の下にたるみができ、妻と視線を合わせるのを避けている。

大佐はなおもうわべだけの陽気な態度を装って、話をつづけた。

「さてと、デーンマスの滞在は楽しかったかね」

「ええ！　すごくおもしろかった。あなたも一緒にくればよかったのに、アーサー」

「家をあけるわけにいかなかったんでね。いろいろと用事があるから」

「でも、場所が変われば気晴らしになったでしょうに。それに、ジェファースン一家とは仲良しなんだし」

「うん、うん、ジェファースンも気の毒に。いいやつだが。不幸な目にあってきた」

「わたしが留守にしてたあいだ、あなたは何をしてらしたの？」

「いや、べつに。農園の世話で忙しかった。アンダースンが屋根を葺き替えたいというので、承諾してやった――もう修理してもだめなんだそうだ」

「ラドフォードシャーの州議会の集まりはどうだったの？」

「あ――あの――欠席したんだ」

「欠席？　でも、あなた、議長を務めるはずだったでしょ」

「いや、じつはね、ドリー――その件で何か手ちがいがあったらしくて。議長はトンプスンに頼んでもいいだろうかと、問い合わせがあった」

「まあ」バントリー夫人はいった。

手袋を脱いで、それをわざと屑籠に投げこんだ。夫が拾いにいこうとすると、それを押しとどめ、とがった声でいった。

「そのままにしといて。わたし、手袋なんか大嫌い」

バントリー大佐は心配そうに妻を見た。

夫人はきびしい声でいった。

「木曜日のダフ家のディナーにはいらしたの？」

「ああ、あれね！　延期になったんだ。コックの具合が悪いとかで」

「いやな人たち」バントリー夫人はいった。さらにつづけた。「きのうはネイラーさんのお宅へいらした？」

「電話をかけて、気分がよくないんで、失礼させてもらいたいといっておいた。向こうもこころよく了承してくれた」

「え、ほんとに？」バントリー夫人は暗くつぶやいた。

デスクの横に腰をおろして、園芸用のハサミをうわの空で手にした。それを使って、もう片方の手袋の指をひとつずつ切りはじめた。

「何をするんだ、ドリー」

「何もかも破壊したい気分なの」バントリー夫人はいった。

彼女は立ちあがった。「夕食のあとはどこでくつろぎましょうか、アーサー。いつもの書斎で？」

「い——いや——それはちょっと。ここで充分じゃないか。それとも、客間にするかね」

「わたしはやっぱり」バントリー夫人はいった。「あの書斎がいいと思うわ！」

彼女のしっかりした視線が夫の視線とからみあった。バントリー大佐は背筋をまっすぐに伸ばした。その目に火花がきらめいた。

「おまえのいうとおりだ。あの書斎にしよう！」

2

バントリー夫人は困惑のためいきをついて、受話器をもどした。二回電話したのだが、向こうの返事はいずれも同じだった。〝ミス・マープルはお留守です〟。

生まれながらにせっかちな夫人は、黙って敗北を受け入れるタイプではなかった。牧師館、プライス・リドレイ夫人、ミス・ハートネル、ミス・ウェザビーのところに矢継ぎ早に電話をかけ、そして、最後の頼みの綱として、魚屋に電話してみた。この魚屋は地理的に便利な場所にあるので、村の誰がどこにいるかをつねに把握しているのだ。

魚屋は「あいにくだけど、ミス・マープルの姿は朝からぜんぜん見かけてませんね」と答えた。いつもの散歩にも出ていないらしい。

「まったく、どこにいるのやら」バントリー夫人はいらだたしげにつぶやいた。

背後でうやうやしげな咳払いがきこえた。執事のロリマーが慎み深くささやいた。

「ミス・マープルをお捜しですか、奥さま。たったいま、この家に近づいてこられるのを目にいたしました」

バントリー夫人はあわてて玄関ドアまで走り、勢いよくひらいて、息を切らしながらミス・マープルを迎えた。

「あなたを捜して、あちこち電話してたのよ。どこへ行ってたの」肩越しにうしろを見た。ロリマーはすでにそっと姿を消していた。「もう最悪だわ！　みんな、アーサーを白い目で見はじめてるの。おかげで、アーサーは何歳も老けこんでしまったみたい。わたしたちでなんとかしなきゃ、ジェーン。ねえ、お願い、なんとかして！」

ミス・マープルはいった。

「心配しなくていいのよ、ドリー」いささか奇妙な声だった。

バントリー大佐が書斎のドアのところに姿を見せた。

「これはこれは、ミス・マープル。おはよう。よくきてくれましたね。家内が躍起になって、お宅へ電話してたんですよ」

「お知らせにあがったほうがいいと思いましてね」バントリー夫人について書斎に入りながら、ミス・マープルはいった。

「お知らせ？」

「ルビー・キーンを殺した容疑で、ついさきほど、バジル・ブレイクが逮捕されました」

「バジル・ブレイク？」大佐は叫んだ。

「でも、ほんとは彼の犯行じゃないんです」ミス・マープルはいった。

バントリー大佐はこの言葉になんの注意も向けなかった。耳に入っていたかどうかも疑わしい。

「つまり、ブレイクがあの女を絞め殺して、ここまで運び、わたしの書斎に放りこんでいったというのですか」

「お宅の書斎に放りこんだのは彼ですけど」ミス・マープルはいった。「でも、殺してはいません」

「バカなことを！　女を放りこんだのがブレイクなら、殺したのもやつに決まってるじゃないですか！　その二つは同じことなんだから」

「そうとはかぎりませんよ。ブレイクさんは自分のコテージで女が死んでるのを発見しただけですもの」

「もっともらしい作り話だ」大佐は嘲るようにいった。「死体を見つけたら、警察に電話するのが当然じゃないですか――正直な人間であれば」

「でもね」ミス・マープルはいった。「みんながみんな、あなたのように強靭な神経を持ってるとはかぎりませんのよ、バントリー大佐。あなたは昔かたぎのお方です。若い世代の人たちはあなたとはちがいます」

「意気地のない連中だからな」大佐はこれまで何度も口にしてきた意見をくりかえした。

「でも、なかには、大変な時代を生き抜いてきた人たちもいます。わたし、バジル・ブレイクのことをくわしく調べてみましたの。わずか十八歳のときに、防空指導員をやってたんですよ。炎上している家に飛びこんで、四人の子供たちを一人ずつ助けだし、危ないからとみんなが止めるのもきかずに、今度は犬を助けるためにひきかえしました。彼がなかにいるあいだに、家が崩れ落ちました。ほかの人に救出されましたが、胸をひどく押しつぶされていて、一年近くギプスをはめたまま療養しなきゃいけませんでした。そのあとも長いあいだ、具合が悪くてね、ちょうどその時期に映画のセット造りに興味を持ちはじめたようです」

「ほう！」大佐は咳払いして、鼻を鳴らした。「そんな――まったく知らなかった」

「そんなこと吹聴する人じゃありませんもの」ミス・マープルはいった。

「うーん――それは感心。見あげた心意気だ。わたしが思っていたよりも、見どころのある青年にちがいない。徴兵逃れをしたんだろうと、ずっと思っていたんだが。早まった結論に飛びつかないよう注意しなきゃいかんという、いい例ですな」

バントリー大佐は恥じ入った表情になった。

「だが、そうはいっても」ふたたび怒りがこみあげてきたようだ。「わたしに殺人の罪を着せようとするとは、いったいどういうつもりなんだろう」

「罪を着せようなんて、そんなことは考えてなかったと思いますよ。むしろ――軽いいたずらだったんでしょうね。だって、そのときはお酒の影響がかなり出てたでしょうし」

「酔っぱらってたんですか」酒の飲みすぎに対するイギリス人独特の同情をこめて、バントリー大佐はいった。「だったら、仕方がない。酔っているときの悪さで、その人物を判断するわけにはいきませんからな。わたしなども、ケンブリッジのころに、おまるを――いや、コホン、そんなことはどうでもいい。とにかく、あとでこっぴどく叱られました」

大佐はクスッと笑ってから、表情をきびしくひきしめた。相手の心を探ろうとする鋭い目で、突き刺すようにミス・マープルをみつめた。「あの男が犯人だとは、思っておられないんですね」

「ぜったいにちがいます」

「で、誰が犯人なのか、すでにわかっていると？」

ミス・マープルはうなずいた。

バントリー夫人が恍惚となったギリシャ古典劇の合唱隊のごとき声で、「この人、すばらしいでしょう?」と、誰一人きいている者のいない空間に向かっていった。

「それじゃ、誰なんです」

ミス・マープルはいった。

「あなたのご協力をお願いしたいんですけど。サマセット・ハウスに連れてっていただければ、きっとすばらしい考えが浮かぶと思いますの」

第十七章

1

サー・ヘンリーの表情は重苦しかった。

「気に入りませんな」

「これがいわゆる正当なやり方じゃないことは、わたしも承知しております。でも、どうしても、動かぬ証拠をつかまなくてはなりません――シェイクスピアもいっているように、〝念には念を入れる〟べきです。もし、ジェファースンさんが同意してくだされば――」

「ハーパー警視はどうします？　彼にも知らせておきますか」

「あまり知りすぎると、警視さんの立場がまずくなるかもしれません。でも、あなたからそれとなくいっていただけますかしら。ある人々を監視して、尾行をつけておくようにと」

サー・ヘンリーはゆっくりと答えた。

「そうですね、この場合は、それがいいかもしれません……」

2

ハーパー警視は突き刺すような目でサー・ヘンリー・クリザリングを見た。

「はっきり説明していただけないでしょうか。ずいぶん遠まわしな言い方のようですが」

サー・ヘンリーはいった。

「わたしは友人からいわれたとおりのことを、きみに話してるんだ――友人もくわしい話はしてくれなかった――明日、新しい遺言状を作成するために、デーンマスの弁護士を訪ねるつもりらしい」

警視の太い眉が、じっと相手をみつめる目の上で大きくひそめられた。

「コンウェイ・ジェファースン氏は娘婿と息子の嫁にも、それを知らせるつもりなんですか」

「今夜話すといっている」

「なるほど」

警視はペンの軸でデスクを叩いた。

ふたたびくりかえした。「なるほどねえ……」

やがて、突き刺すような目でふたたび相手の目をとらえて、ハーパー警視はいった。

「では、バジル・ブレイク犯人説には満足しておられないのですね」

「きみはどうだね」

警視の口髭が震えた。

「ミス・マープルは？」ときいた。

二人の男は顔を見合わせた。

やがて、ハーパー警視がいった。

「おまかせください。部下をはりこませておきます。ドジを踏むようなことはけっしてしません。それだけは約束できます」

サー・ヘンリーはいった。

「話しておきたいことがもうひとつある。これを見てほしいんだ」

一枚の紙を広げて、テーブルの向こうへ押しやった。

今度は、警視の冷静さが消えてしまった。口笛を吹いた。

「ほう、そうだったんですか。こうなると、事件の様相が一変してしまいますね。こんなこと、どうやって探りだされたんですか」

「女というのは」サー・ヘンリーはいった。「いつの世も結婚に関心があるものだ」

「とくに」警視はいった。「年配の独身女性はね」

3

コンウェイ・ジェファースンは入ってきた友達を見あげた。

暗い表情がゆるんで、微笑が浮かんだ。

「二人に話をしたよ。二人とも、こころよく納得してくれた」

「どんなふうに話したんだい」

「ルビーが亡くなったいま、彼女に遺すつもりだった五万ポンドは、彼女の思い出になるようなものに使いたいと思っている、ロンドンでプロのダンサーをやっている若い女の子たちのために、寮の建設資金として使いたい――そういったんだ。こんなことに遺産を使うなんて、じつにばかげてるだろ。あの二人がすなおに信じたのには驚いたね。わたしならやりかねないと思ったのかな！」

ジェファースンは瞑想にふけるような口調でつづけた。

「まったく、あの女のために愚かなまねをしてしまった。そろそろ老人ボケが始まったのかもしれんな。いまなら、わたしにも真実が見える。ルビーはかわいい子だったが――わたしがあの子のなかに見たものは、ほとんどがこちらの願望だったんだ。ロザモンドの身代わりだと思いたかったんだ。髪や肌の色は同じだった。だが、心と知性はちがっていた。その紙をくれないか――ブリッジの組み合わせとしては、なかなか興味深い」

4

サー・ヘンリーは一階におりた。ホテルのボーイに質問した。

「ギャスケルさまですか。いましがた、車でお出かけになりました。ロンドンに用があるとかで」

「ほう！　なるほど。ジェファースン夫人はおられるかね」

「ジェファースン夫人さまでしたら、さきほど寝室へ行かれました」

サー・ヘンリーはラウンジをのぞき、その向こうの舞踏室にも目を向けた。ラウンジではヒューゴ・マクリーンがクロスワードをやっていて、しきりと顔をしかめていた。舞踏室では、ジョージーが恰幅のいい汗っかきの男と踊っている最中で、敏捷な脚で相手の下手くそなステップをよけながら、感心にも笑みを投げかけていた。恰幅のいい男は見るからにダンスを楽しんでいた。レイモンドは優美で物憂げな身のこなしで、貧血症とアデノイドが持病といった感じの、高価だがまるっきり似合わないドレスを着ている、くすんだ茶色の髪の若い女と踊っていた。

サー・ヘンリーは小声でつぶやいた。

「さて、ベッドへ行くとするか」そして、上の階へあがっていった。

5

時刻は午前三時だった。風がやみ、静かな海の上で月が輝いていた。コンウェイ・ジェファースンの部屋では、枕によりかかるようにして横たわった彼の深い寝息以外、何もきこえなかった。

窓のカーテンをそよがせる風はなかった。ところが、そのカーテンが揺れた……一瞬、カーテンが二つに分かれ、月光のなかに人影が黒く浮かんだ。つぎの瞬間、カーテンはもとどおりに閉じた。すべてがふたたび静寂に包まれたが、部屋のなかには何者かが入りこんでいた。

その侵入者はじりじりとベッドに近づいた。枕の上の深い寝息に変化はなかった。物音はほとんどしなかった。人差し指と親指が皮膚をつまもうとした。反対の手には注射器が握られていた。

そのとき不意に、闇のなかから腕が伸びて、注射器を握った手をつかみ、反対の腕がその人影をしっかりと押さえつけた。

感情を持たない声が、法の側に立つ者の声がいった。

「こら、やめろ。その針をよこすんだ！」

灯りのスイッチが入り、枕の上から、コンウェイ・ジェファースンは憤怒の形相でルビー・キーン殺しの犯人を見た。

第十八章

1

サー・ヘンリー・クリザリングがいった。

「ワトソン役として申しあげるなら、あなたの捜査方法をぜひうかがいたいものです、ミス・マープル」

ハーパー警視がいった。

「真相を見抜いた最初のきっかけを、ぜひとも教えてもらいたいですね」

メルチェット大佐もいった。

「いやはや、またあなたのお手柄か！　最初からすべてきかせてください」

ミス・マープルは暗褐色の絹地で仕立てた一張羅のイヴニング・ドレスの皺を伸ばした。頬を染め、笑みを浮かべて、ひどく照れていた。

「サー・ヘンリーのおっしゃる〝捜査方法〟といいましても、みなさまからごらんになれば、ほんとに素人っぽいものなんですよ。じつを申しますと、ほとんどの人が――警官も例外ではありません――この邪悪な世の中に信頼を置きすぎているんです。人からいわれたことを、無条件で信じてしまいます。わたしはそんなことはしません。かならず自分でたしかめることにしています」

「科学的なやり方ですね」サー・ヘンリーはいった。

「この事件では」ミス・マープルは話をつづけた。「事実だけに基づいて捜査を進める代わりに、最初から、いくつかの事柄が当然のこととして受け入れられていました。わたしが気づいた範囲で事実を申しあげるなら、被害者はとても若くて、爪を噛む癖があって、歯がすこし出ていました。女の子というのは、小さいうちに歯列矯正をやっておかないと、出っ歯になることが多いんですよ。しかも、子供は矯正用のブレースをいやがって、親が見ていないと、はずしてしまうものなんです。

あら、話がそれてしまいましたね。何をお話しするつもりだったのかしら。あ、そう、わたしは殺された女の子を見おろして、悲しみに浸り――だって、若い命が断ち切られてしまうのを見るのは、いつだって悲しいことですもの――誰の犯行か知らないけれど、むごいことをするものだと思っておりました。いうまでもなく、バントリー大佐の書斎で死体が発見されたのが、すべての混乱のもとでした。まるで小説のような出来事で、現実とは思えませんでした。要するに、それで事件がややこしくなったのです。犯人のもともとの計画にはなかったことなので、わたしたちも混乱してしまったのです。犯人の本当の狙いは、死体を気の毒なバジル・ブレイク青年に押しつけることにありました。いかにも犯人にぴったりの人物ですもの。ところが、彼が死体を人佐の書斎へ運んだために、事件がとんでもない方向へそれてしまいました。真犯人たちはさぞやきもきしていたことでしょう。

最初の計画では、ブレイクさんが最大の容疑者にされるはずでした。予定どおりにいっていれば、警察がデーンマスで聞きこみをおこない、彼が被害者の女と知りあいだったことを探りだし、つぎは、べつの女と同棲していることを探りだし、そして、ルビーが彼を恐喝か何かするためにやってきて、逆上した彼がルビーを絞め殺したのだと推理したことでしょう。ごくありふれた、浅ましい、わたしが〝ナイトクラブ型犯罪〟と呼んでいるものになるはずだったのです!

ところが、すべてが狂ってしまって、捜査の焦点がまたたくまにジェファースン一家に向けられることになりました——そのなかの一人にとっては、困惑のタネだったことでしょう。

前にも申しあげたとおり、わたしはとても疑り深い性格です。うちの甥のレイモンドなど、わたしの心は悪の巣窟だと申しております。もちろん、冗談でいってることですし、愛情にあふれた言い方ですけど。甥の話ですと、ヴィクトリア朝の人はほとんどがそうだったんですって。わたしにいえるのは、ヴィクトリア朝の人々が人間の本性をよく知っていたということだけですね。

さて、わたしはこういう不健康な——いえ、ほんとは健康的なのかしら——心の持ち主ですので、すぐさま、金銭面から事件を調べてみました。ルビーの死によって利益を得る人間が二人いました。この事実は否定しようがありません。五万ポンドといえば大金です。とくに、その二人のように、お金に困っている場合はなおさらでしょう。もちろん、二人とも、とても感じのいい、好もしい人物のように見えました。人殺しのできそうな人間だとはとても思えません。でも、人は見かけによりませんからね。そうでしょ？

たとえば、ジェファースン夫人ですが、みんなに好かれていました。ところが、どうやら、この夏からひどく落ち着かなくなり、舅に依存した暮らしを送ることにうんざりしはじめていたようです。ただ、お医者さまから話をきいて、舅の命がそう長くないことを知っていたので、冷酷な言い方ですけど、しばらくは我慢する気でいたのです——

というか、ルビー・キーンさえあらわれなかったら、そのまま我慢していたことでしょう。夫人は坊っちゃんを目に入れても痛くないほどかわいがっていましたし、女性のなかには、犯罪に走っても、それがわが子のためにやったことなら倫理的に許されるなどという、奇妙な考えを持っている者もおります。わたしの村にも、そういう例が一、二度ありました。〝だって、デイジーのためにやったことなのに〟って弁解するんです。そういっておけば、うしろ暗い行動が正当化されると思っているのでしょう。ほんとに浅ましい考えですこと。

マーク・ギャスケルのほうは、いうまでもなく、はるかに有力な本命馬でした。あら、こんな競馬用語を使ってもよかったかしら。ギャンブラーですし、高い道徳観念を持っていそうなタイプではありません。ただ、わたしはある理由から、この犯罪には女がからんでいることを確信していました。

とにかく、動機という点を考えますと、財産という線がとても有力なように思われました。ですから、医学的な証拠をもとに推定されたルビー・キーンの死亡時刻には二人ともアリバイがあることを知って、わたしは首をひねりました。

ところが、それからほどなく、全焼した車が発見され、なかからパメラ・リーヴズの死体が出てきたことで、真相が見えてきたのです。いうまでもなく、アリバイの価値は崩れてしまいました。

このとき、わたしは二つの事件の証拠を半分ずつつかんでいました。どちらも納得できるものですが、どうもぴったり嚙みあいません。関連性があるにちがいないのに、それが見えてこないのです。犯行にかかわっていると確信できる唯一の人物には動機がないのです」

ミス・マープルは考えに沈みながらいった。

「わたしとしたことが、ほんとにバカでした。もしもダイナ・リーがいなかったら、気づきもしなかったでしょう――この世でもっとも明白なことに。サマセット・ハウスですよ！　結婚ですよ！　それはギャスケル氏やジェファースン夫人だけの問題ではありません。結婚によって、それ以外の可能性も出てくるんです。この二人のどちらかが再婚したなら、いえ、再婚を考えていただけで、その相手の人物にも利害関係が生じるわけです。たとえば、レイモンド・スターは、裕福な未亡人と結婚するチャンスを狙っていたかもしれません。ジェファースン夫人にこまめに尽くしてましたでしょ。夫人が長い未亡人生活から目ざめたのは、彼の魅力のせいだったんだと思いますよ。それまでは、ジェファースン家の嫁であることに、なんの不満もなかったのですから――聖書に出てくるナオミとその嫁ルツのように――ただし――覚えておいでかしら――ナオミはルツのためにいい再婚相手を見つけようと、親身になって世話をしましたけど。

レイモンドのほかに、マクリーン氏もいましたね。ジェファースン夫人は彼にとても好意を持っていて、ゆくゆくは彼と再婚するつもりでいるように見受けられました。彼は裕福ではありませんし、事件のあった夜にはデーンマスからそう遠くないところにいました。ですから、誰が犯人であってもおかしくないわけです。

でも、もちろん、わたしには真相が見えていました。あの噛んだ爪のことを無視するわけにはいきません。そうでしょう？」

「爪？」サー・ヘンリーはききかえした。「しかし、ルビーは爪の一本が折れたので、ほかの爪も切ったのですよ」

「わかってらっしゃらないのね」ミス・マープルはいった。「噛んだ爪と、爪切りで切った爪とは、まったく別物です！　女の爪のことをすこしでも知っている人なら、その二つをとりちがえるはずがありません——わたしが日曜学校のクラスの子たちにいつも注意しているように、噛んだ爪はとてもみっともないものです。いいですか、あの爪はまさに事実でした。そして、それが意味するものはただひとつ、バントリー大佐の書斎にあった死体はルビー・キーンではなかったということです。

そう考えれば、事件にかかわっているにちがいない一人の人物が浮かんできます。ジョージーです！　死体を確認したのはジョージーでした。彼女は死体がルビー・キーンではないことを知っていました。ぜったいに知っていたはずです。それなのに、ルビーの死体だと証言しました。大佐の屋敷で死体が発見されたことで、ひどく面食らっていたようです。言葉の端々にそれが出ていました。なぜでしょう。死体が発見されるべき場所を誰よりもよく知っていたからです。それはバジル・ブレイクのコテージのはずでした。わたしたちの注意をバジルに向けさせたのは誰でしょう。ジョージーです。ルビーは映画会社の男と一緒かもしれないと、レイモンドにほのめかしてますからね。そして、その前に、バジル・ブレイクのスナップ写真をルビーのハンドバッグにこっそり入れておいたのです。死んだルビーに激しい怒りを抱いていて、死体を見たときですらそれを隠すことができなかったのは誰でしょう。ジョージーです！　狡猾で、計算高くて、冷酷で、お金のためならなんでもする、それがジョージーなのです。

人の言葉を無条件で信じてはいけないと、さきほど申しあげたのは、このことだったのです。あの死体はルビー・キーンだといったジョージーの言葉を、誰も疑ってみようともしませんでした。あのときは、ジョージーが嘘をつく動機がどこにもないと思われたからです。動機を見つけるのはいつもむずかしくて——ジョージーが事件に一枚嚙んでいるのは明らかでしたが、ルビーの死は、どちらかというと、ジョージーの利益に反するように思えました。ダイナ・リーの口から〝サマセット・ハウス〟という言葉をきいたときに初めて、ジョージーと事件の結びつきに気づいたのです。

結婚ですよ！　ジョージーとマーク・ギャスケルが結婚していたのなら、事件の謎はすんなり解けます。すでにわかっているように、マークとジョージーは一年前に結婚しました。ジェファースン氏が亡くなるまで伏せておくつもりだったのです。

事件の経過をたどるのは――計画がどのように実行されたのかを見ていくのは、とても興味深いことでした。凝っていると同時に、単純な計画でした。まず、あの気の毒な少女、パメラに目をつけ、映画の話を餌にして近づく。カメラテスト――あの子にことわりきれるはずがありません。マーク・ギャスケルの口先三寸で丸めこまれれば、もうだめですよ。パメラはホテルへ行く。マークが待っていて、横のドアから彼女を連れて入り、ジョージーに紹介する――映画会社のメーク係だといって！　かわいそうなパメラ。考えただけで気分が悪くなるわ！　ジョージーがあの子をバスルームにすわらせて、金髪に染め、お化粧をし、手と足の爪にマニキュアを塗る。そのあいだに、睡眠薬を飲ませたのでしょう。おそらくは、アイスクリーム・ソーダに混ぜて。パメラは昏睡状態に陥る。わたしが想像するに、たぶん、パメラを廊下の向かいの空室に入れておいたのでしょう――ほら、掃除は週に一回だけと決まってましたからね。

夕食のあと、マーク・ギャスケルは車で出かけました。海辺まで行ったのだという本人の供述でしたが、じつはそのとき、ルビーの古いドレスを着せたパメラをバジル・ブレイクのコテージへ運び、暖炉のラグの上に横たえていたのです。意識を失ったままでしたが、息はまだありました。そして、マークがドレスのベルトであの子を絞殺したのです。むごいこと……わたしとしては、パメラの意識がもどらなかったことを祈るしかありません。でも、あの男がいずれ絞首刑になることを思うと、溜飲が下がりますけどね……犯行時刻は十時をすこし過ぎたころだったでしょう。そのあと、マークは猛スピードでホテルにもどり、ラウンジのみんなに合流しました。そのとき、ルビーはまだ生きていて、レイモンドとエキシビション・ダンスを踊っていたのです。

おそらく、ジョージーから指示を出しておいたんだと思いますよ。ルビーはジョージーがルビーに前もって指示を出していたとおりに動く子でしたから。着替えをすませて、ジョージーの部屋へ行き、そこで待つようにいわれていたのでしょう。睡眠薬も飲まされていたはずです。たぶん、食後のコーヒーに混ぜて。バートレット青年と踊っていたとき、しきりにあくびをしてたって話、覚えてらっしゃるでしょ。

ジョージーは〝ルビーを捜してくる〟といって、レイモンドと二人でルビーの部屋へ行きました――でも、そのあとでジョージーの部屋に入ったのは、ジョージー一人だけでした。たぶん、そのときにルビーを殺したのでしょう。注射をするか、後頭部を殴りつけるかして。それから、一階におり、レイモンドと踊り、ルビーの居所をめぐってジェファースン家の人たちと議論してから、ようやくベッドに入りました。つぎの早朝、ルビーにパメラの制服を着せ、その死体を抱えて裏階段から運びおろし——なにしろ、ジョージーは若いし、筋肉が発達してますからね——ジョージ・バートレットの車を盗んで三キロ先の石切場まで行き、車にガソリンをかけて、火をつけたのです。それから歩いてホテルにもどりました。たぶん、八時か九時ごろにもどるよう、タイミングを見計らったのでしょう。ルビーのことが心配で早起きしたように見せかけるために!」

「ややこしいことをするものだ」メルチェット大佐はいった。

「ダンスのステップに比べれば、そんなにややこしくありません」ミス・マープルはいった。

「かもしれませんな」

「ジョージーは細かな点にまで神経を配っていました。二人の爪のちがいまで計算に入れてましたもの。だから、ルビーの爪が自分のショールにひっかかって折れてしまうように仕組んだのです。そうすれば、ほかの爪もルビーが短く切ってしまったように見せることができますから」

ハーパー警視はいった。「なるほど。すべて計算の上だったのか。そして、あなたがつかんだ証拠というのは、女学生の嚙みちぎられた爪だったわけですね」

「ほかにもありますよ」ミス・マープルはいった。「人はつい口をすべらせてしまうものです。マーク・ギャスケルも口をすべらせました。ルビーのことを話していたときに、〝歯並びが悪くて〟といったのです。でも、バントリー大佐の書斎にあった死体は、歯並びが悪いというより、出っ歯でした」

コンウェイ・ジェファースンがいささか不機嫌な口調でいった。

「で、最後の芝居がかった一幕はあなたの思いつきだったんですか、ミス・マープル」

ミス・マープルは正直に答えた。「ええ、そうなんです。動かぬ証拠が手に入れば、それに越したことはありませんもの」

「たしかに、動かぬ証拠だ」コンウェイ・ジェファースンはあいかわらず不機嫌だった。

「いいですか」ミス・マープルはいった。「あなたが新しい遺言状を作ることを知れば、マークとジョージーはなんらかの手を打つ必要に迫られます。お金のためにすでに二人も殺しているのです。三人目を殺すことにためらいはないでしょう。いうまでもなく、マークは完全にシロでなきゃいけませんから、アリバイ作りのためにロンドンへ出かけ、友達とレストランで食事をしてからナイトクラブへ行くことにしました。殺害はジョージーの役目でした。二人はルビー殺しの罪をバジルになすりつけるつもりでいましたから、ジェファースン氏の死亡は心臓発作のせいだと周囲に思わせなくてはなりません。ハーパー警視のお話ですと、注射器にはジギタリンが入っていたそうです。どんなお医者さままでも、心臓発作で死亡したのだと、ごく自然に考えることでしょう。ジョージーはバルコニーの手すりの丸石をひとつゆるめておき、あとでドサッと落とそうと企んでいました。そうすれば、その音のショックで死に至ったのだと思わせることができますからね」

メルチェットがいった。「悪知恵の働く女だ」

サー・ヘンリーはいった。「つまり、コンウェイ・ジェファースンが三人目の犠牲者になるはずだったんですね」

ミス・マープルは首をふった。

「いいえ――わたしが申しあげたのは、バジル・ブレイクのことですよ。二人はバジルが絞首刑になることを望んでいましたもの」

「でなきゃ、ブロードムアの収容所に監禁されるか」サー・ヘンリーはいった。

コンウェイ・ジェファースンはうめくようにいった。

「ロザモンドがろくでなしと結婚したことは、昔からわかっていた。わたし自身がそれを認めたくなかっただけなんだ。娘はあの男に首ったけだった。人殺しに惚れるとはねえ！　まあ、マークもあの女と同じように絞首刑になるだろう。やつが神経的にまいって、すべて白状してくれたので、助かったよ」

ミス・マープルはいった。

「性格がきついのはジョージーのほうでしたからね。最初からすべて彼女の策略だったんです。皮肉なのは、ジョージー自らがルビーをここに呼んだってことですよ。ルビーがジェファースン氏に気に入られて、ジョージーの計画をぶちこわすことになろうとは、夢にも思わなかったでしょうね」

ジェファースンはいった。

「哀れなことだ。ルビーもかわいそうに……」

アデレード・ジェファースンとヒューゴ・マクリーンが入ってきた。今夜のアデレードは輝くばかりに美しかった。コンウェイ・ジェファースンのそばまで行き、彼の肩に手を置いた。すこし口ごもりながらいった。

「お話がありますのよ、ジェフ。いまここで。わたし、ヒューゴと結婚することにしました」

コンウェイ・ジェファースンは一瞬、彼女を見あげた。ぶっきらぼうに答えた。

「そろそろ再婚してもいいころだと思っていた。二人におめでとうをいわせてもらうよ。ところで、アディ、わたしは明日、新しい遺言状を作ろうと思っている」

彼女はうなずいた。「ええ、わかっています」

ジェファースンはいった。

「いや、わかってないな。おまえに一万ポンド贈るつもりだ。あとはすべて、わたしが死んだときにピーターが相続する。どう思うね、娘や」

「まあ、ジェフ」彼女の声が涙でつまった。「なんてやさしい方なの！」

「ピーターはいい子だ。あの子と会うチャンスをなるべくたくさん作りたい――わたしに残された時間のなかで」

「ええ、ぜひ！」

「犯罪に対して鋭い勘の働く子だぞ、ピーターは」ジェファースンは瞑想にふけるようにつぶやいた。「殺された女の――そのなかの一人というべきかな――爪を手に入れただけでなく、その爪がひっかかったジョージーのショールの切れ端も運よく自分のものにしたんだからな。人を殺した女の記念品まで手に入れたわけだ！　さぞ満足していることだろう！」

2

ヒューゴとアデレードは舞踏室の横を通りかかった。レイモンドが近づいてきた。アデレードはいささかあわて気味にいった。

「あなたにお知らせしておかなきゃ。わたしたち、結婚することにしたのよ」

レイモンドの顔に浮かんだ微笑は非の打ちどころのないものだった——雄々しくて、哀愁を帯びた微笑。

彼はヒューゴを無視して、アデレードの目をじっとみつめた。「あなたが本当に、本当に、幸せになるよう祈っています……」

二人はそのまま歩き去り、レイモンドはその場に立ったまま二人を見送った。

「いい人だ」とつぶやいた。「すばらしくいい人だ。おまけに、金もどっさり入ってくるし。デヴォンシャーのスター家についてガリ勉して知識を詰めこんだのも、これですべて無駄ってことか……ま、いいや、運がなかったんだ。さあ、踊れ、踊れ、ケチな紳士よ！」

レイモンドは舞踏室にもどっていった。

解説

ミステリチャンネル・レポーター
黒山ひろ美

ミステリの女王アガサ・クリスティーの、しかもあの有名なミス・マープル・シリーズの作品の解説を依頼されるとは！　これはまさに私にとっての大事件。ミステリチャンネルでミステリ作品を紹介する番組のレポーターを務めて早五年。確かに国内外を問わず数多くのミステリに接してきた私ですが、こんな状況が訪れるとは、夢にも思っておりませんでした。人生はなんてミステリアス！

早速クリスティー作品を探しに書店へ。あった、あった。お馴染みの赤い背表紙にずらーっと並ぶアガサ・クリスティーの文字。懐かしさがこみ上げてきます。私とクリスティー作品の出会いは今を遡ること十二年、大学一年生の春でした。上京して間もない頃、まだ友達のいなかった私は寂しさを紛らわすため、クリスティーの作品を片っ端から読んでいったのです。そんなわけで私の本棚にはいつもハヤカワ文庫の赤い背表紙がたくさん並んでいたのでした。

クリスティー作品との出会いをきっかけに、ミステリを本格的に読み始めた私は、渋いハードボイルドから名作と呼ばれる古典まで、様々な作品を読み漁ってきました。評論家の方々には到底及ばないながらも、今では一端のミステリ・ファンを自任しております。クリスティーに熱中していた頃より明らかに目も肥え、年をとってしまった現在の私にとって、果たしてクリスティーの作品はおもしろいと言えるのだろうか？——期待と同時に一抹の不安を胸に、十二年ぶりに本書を手にしたのでした。

ここで簡単に本書の説明をしておきましょう。ご存知ミス・マープルはエルキュール・ポアロと並んで人気のあるアガサ・クリスティーの作り出した素人探偵。セント・メアリ・ミード村に住む彼女は一見するとどこにでもいそうな、品のある穏やかな老婦人ですが、その実、鋭い直観力と観察力で警察でさえ解決できない事件をやすやすと解決してしまうのです。

『書斎の死体』はそんなミス・マープルが登場する長篇第二作。名門バントリー家の書斎で見知らぬ若い女性の死体が発見され、その謎を解くためバントリー夫人がミス・マープルに調査を依頼するところから物語は幕を開けます。

読み始めていきなり、心をつかまれる登場人物たちに出会いました。

「その美貌は、もともとの顔立ちよりも巧みな身だしなみに負うところが大きいようだ。頭がよくて、性格もよさそう、常識をわきまえている感じ。悩殺的と形容できるタイプではないが、魅力は充分にそなえている」

「地味な女だというのが、メルチェット大佐の受けた第一印象だった。だが、彼女が唇にかすかな笑みを浮かべて話しはじめたとたん、大佐はその意見を撤回した。とても魅力のある心地よい声をしていて、澄んだハシバミ色の目も美しかった」

ディテールを描いているわけではないのに、いきいきとした二人の女性が確かな存在感を持って、目の前に浮かんできます。もしかしたら私自身年を重ねたからこそ、こうした表現を直感的に理解できるようになったのかも、なんてことを考えつつさらに読み進んでいくと、

「好きになれそうもないタイプだった。図太くて、いかにもワルといった感じの、猛禽のような顔。自分のやり方を強引に押し通そうというタイプで、女にはけっこうもてそうだ」

なんてどきっとするような文章にも出くわします。さすが女王クリスティー、女性の心理をよくお分かりで！

こちらはミス・マープルの言葉。

「昔からいわれているように――これはまさに真理だと、わたしも思っていますが――結婚してみて初めて、本気で喧嘩できるものなんです。正式に結婚していない場合は、相手にもっともっと気を遣い、すべてがどんなに幸福で平穏かを、たえず自分たちにいいきかせなくてはなりません。～（中略）～喧嘩なんてとてもできません！　でも、わたしの見たところ、結婚している夫婦は、自分たちの喧嘩と――そのう――適当な仲直りを、心から楽しんでいるのです」

恋愛と結婚の違いをここまで明確に捕らえるとは、まさに脱帽としか言いようがないではありませんか。

そうなんです。こうした、ふん、ふん、とうなずきたくなるようなエスプリがそこかしこにちりばめられているからこそ、クリスティーの作品は読者を中毒にしてしまうのです。読む前に抱いていた不安もなんのその、結局一気に最後まで読んでしまったのでした。

もちろん本書は一流の謎解き本としても楽しめることも請け合いです。しかし、クリスティー作品が単なるトリックを駆使した推理小説にとどまらないことを、今回読み返してみて、改めて実感することができました。謎解きやトリックのおもしろさを追求してクリスティーに熱中した十代の頃とは異なり、三十代に突入した今、それらは説得力を持った人間ドラマとして再び私の前で輝きを放ちはじめたのです。そして今回、何よりもうれしかったのが、ミス・マープルの登場する作品のおもしろさを新発見できたことです。白状しますが、実は私今までずっとエルキュール・ポアロ派でした。ミス・マープルの扱う事件ってポアロに比べてなんか地味だな〜、と思っていたのです。でも読み返してみて、緻密に構築された人間模様と、彼らに対する鋭い観察力で犯人を突き止めるミス・マープルの手腕にすっかり魅了されてしまったのです。ネタばれになってしまうので詳しいことは書けませんが、今回ミス・マープルは事件を解く鍵として、非常に小さなあるモノに着目します。こうした女性ならではの細やかな視点は、同じ女性として読んでいて非常に楽しいですし、リアリティーも感じます。そしてまた、人間の本性を見抜く彼女の能力には、まるでTVのワイドショーを観ているようなドキドキ感を感じてしまうのです。それは犯罪に関わる人間たちの心の内を少しだけ覗いてしまったようなドキドキです。時代を超えて人々に愛され続けるクリスティー。その理由がちょっぴり分かったような気がしました。

好奇心旺盛な老婦人探偵

〈ミス・マープル〉シリーズ

本名ジェーン・マープル。イギリスの素人探偵。ロンドンから一時間ほどのところにあるセント・メアリ・ミードという村に住んでいる、色白で上品な雰囲気を漂わせる編み物好きの老婦人。村の人々を観察するのが好きで、そのうちに直感力と観察力が発達してしまい、警察も手をやくような難事件を解決するまでになった。新聞の情報に目をくばり、村のゴシップに聞き耳をたて、それらを総合して事件の謎を解いてゆく。家にいながら、あるいは椅子に座りながらゆったりと推理を繰り広げることが多いが、敵に襲われるのもいとわず、みずから危険に飛び込んでいく行動的な面ももつ。

長篇初登場は『牧師館の殺人』（一九三〇）。「殺人をお知らせ申し上げます」という衝撃的な文章が新聞にのり、ミス・マープルがその謎に挑む『予告殺人』（一九五〇）や、その他にも、連作短篇形式をとりミステリ・ファンに高い評価を得ている『火曜クラブ』（一九三二）、『カリブ海の秘密』（一九六四）とその続篇『復讐の女神』（一九七一）などに登場し、最終作『スリーピング・マーダー』（一九七六）まで、息長く活躍した。

訳者略歴　同志社大学文学部英文科卒，英米文学翻訳家　訳書『最期の声』ラヴゼイ，『ビター・メモリー』『ハード・タイム』パレツキー，『ベル・カント』パチェット（以上早川書房刊）他多数

Agatha Christie

書斎《しょさい》の死体《したい》

〈クリスティー文庫 36〉

二〇〇四年二月十五日　発行
二〇〇四年十二月十五日　二刷

（定価はカバーに表示してあります）

著者　アガサ・クリスティー
訳者　山《やま》本《もと》やよい
発行者　早川浩
発行所　株式会社　早川書房

郵便番号一〇一 - 〇〇四六
東京都千代田区神田多町二ノ二
電話　〇三 - 三二五二 - 三一一一（大代表）
振替　〇〇一六〇 - 三 - 四七七九九
http://www.hayakawa-online.co.jp

乱丁・落丁本は小社制作部宛お送り下さい。
送料小社負担にてお取りかえいたします。

印刷・信毎書籍印刷株式会社　製本・株式会社明光社
Printed and bound in Japan
ISBN4-15-130036-8 C0197